怪談狩り
四季異聞録

角川ホラー文庫
20707

目次

冬

馬……9
黄色いクツ……12
縁起が悪い……14
雪の子……16
怖がらないわけ……18
寒い道……24
雪の伊吹山……26
五号室……29
夏姿……44

春

警備員を辞めた理由……49
落ちてくる……54
七歳……56
すれ違う……59
卒業旅行……61
タカシの引っ越し……69
怖い、怖い……78
やめとかんね……83
綺麗な梅林……98

送り先　103
海の中道　108
怪談はダメ　111
横断する人たち　113
後ろにいるモノ　116
自分からのメッセージ　121
赤ん坊　124

夏

常連客　131
雨の日のスナック　133
おしらさま　138
夏休みの教室　141
赤いコート　143
どこの子？　150
もうひとり　153
人形の部屋　157
四国の実家　162
欠かしてはいけない　166
サキダキョウコ　170
山の女　176
旅館の女将　179
内線電話　182
誰と話した？　187
お化け人形　190
SOSの電話　194
いい匂い　201
渓流釣り　203
濡れた靴　207

秋

九月五日　211
影　216
富士の樹海　218
リンゴ食うか　223
妙なマンション　226
突風　229
寺の坂道　233
狐狸妖怪はいる？　237
お金貸してね　243
十五日に行きます　245
紅葉の道　255
古都の夜　257
暴れ人魂　263
無人駅　268

冬

皆殺しの家　273
気になるあの子　283
今あった話　285
三段壁　292
サンタさん？　296
茶髪の人形　299
年末の巡回　304
年末のアルバイト　309
ママの自転車　314

冬

馬

大晦日（おおみそか）の夜のことである。

その年、Aさんは、婚約者のK子さんの家で年越しをする予定だった。

夜遅い電車で、K子さん宅の最寄駅に下車し、家を目指して、商店街を歩いた。

ほとんどの店は閉まっていて、人通りもほとんどない。

もうすぐ、年が明ける。

と、遠くから、馬のひづめの音が響いてきた。

「えっ、馬？」

驚いて音がやってくる方を見ると、商店街の奥から一頭の馬が姿を現わし、こちらへ向かって走ってくるではないか。

Aさんが思わず、道の端によけると、そのまま馬は走り去った。

すると、わあああっという歓声が響いてきて、さっきの馬を追うかのように、人の群れがこっちへ向かってきた。

「あっ、キミキミ、ここ、馬が通らなかったか？」

中の男性にそう聞かれた。

「今、ここを走って、あっちへまっすぐ走って行きましたよ」

「こっちだぞ」とその男は叫び、Aさんが指差した方向へ、その群れが走って行く。

Aさんはなんだか面白くなって、人々の後を追った。

(これは、ちょっとした土産話になるぞ)

「どこへ行った。あっ、あっちだあっちだ」

そう言いながら、大勢の人たちが馬を追っている。馬のひづめの音は、どこからか確かに聞こえてくる。

狭い路地に入った。

家の向こうに馬の姿が見えたかと思うと、さっと走り去る。

「あそこに馬がいる!」

と行ってみるとブロック塀に囲まれた庭だったり、

「あっちだ」

と行くと建物と建物の隙間であったりして、すでに馬の姿は消えている。

「でも、確かにあの馬、ここにいたよな」

しばらくするとまた、ひづめの音が聞こえて、またその姿を現わした。そして優雅に走り去った。

そのまま姿を見失った。

「結局、なんだったんだ、あの馬？」

みんな、首をひねりながら散会した。

Aさんは、年を越した時間に、K子さんの家に着いた。

馬の話をしたが「そんなとこ、馬が通れるような道なんてないよ」と信じてもらえない。

翌日も、馬が逃げたというニュースは聞かなかった。

帰りにもう一度、馬を追った道を探してみたが、やはり馬が走れるようなスペースはなかった。


「その年は午年（うまどし）でしたか？」と私は聞いた。

「違うんです、それが」とAさんは言った。

黄色いクツ

東京でOLをしているM子さんは、三人きょうだいで、兄と弟がいる。

子供のころ、お正月とお盆には、父の実家である長野県に帰省したという。

小学三年のお正月のときのこと。

お祖父(じい)ちゃん、お祖母(ばあ)ちゃんからお年玉をもらい、きょうだいたちは「わあーっ」と表に飛び出した。

なにをして遊ぼうか。

すると、ガサガサッ、という妙な音が聞こえる。

なんだろう?

ふと見ると、向かいの家の白い壁に、スーパーでもらう白いビニール袋のようなものが引っかかっていた。それが風にあおられて、ガサガサッと音をたてているのだ。

いや、違う。風なんてない。

弟が、それに触れようと手を伸ばしたが、背が届かない。

兄がジャンプすると、袋を片手で摑(つか)めた。

ところがそのまま、兄は宙ぶらりんになってしまった。

「なんだ、コレ？」

面白がった弟が、ぶら下がっている兄の足に抱きつくと、ふたりはズルッと地面に落ちた。

兄の手の中にビニール袋が残った。

「あっ！」

M子さんは、さっきまで袋がひっかかっていた壁を指差した。

二本の足が壁からにょっきり出ていて、バタつきながら、壁の中に入っていこうとしている。それは、子供の足のようで、片方に黄色いクツを履いている。

「兄ちゃん、足だよ、足」

弟もそれを指差して声をあげている。そのうち、足は壁の中に消えた。

兄は、手の中に残った白いビニール袋の中を見た。

片方だけの黄色いクツが出てきた。フェルトペンで、シブヤエミと書かれている。

向かいの家の表札を見てみたが、シブヤではない。なんだか気味が悪くなって、クツをその場に置くと、お祖父ちゃんの家に駆け戻った。

お祖父ちゃんもお祖母ちゃんも、シブヤエミという名に聞き覚えはないと、首を横に振った。

縁起が悪い

Ｆさんという女性は、短期間だが、不動産関係の会社に勤めたことがある。

入社して、初めてのお正月を迎えたときのこと。

年始の仕事始めの前に、全社員参加の神事があった。

社長は信心深い人で、会社の屋上に稲荷(いなり)の祠(ほこら)と鳥居がある。その前に社長以下、全社員が整列し、一年の会社の安泰と商売繁盛を祈るのである。

神棚には、新しい榊(さかき)、水、塩、米、お神酒(みき)、それに社長が初詣(はつもうで)のときにもらってきたお供物などが供えられている。

そこに、山伏がやってきて、呪文(じゅもん)のようなものを唱えるのだという。

これは、毎年欠かさず行われる、会社の恒例行事だと聞かされた。

もちろんＦさんも参加した。

山伏が祠の前に立ち、手に持っている錫杖(しゃくじょう)のようなもので、とん、と床をついた。

シャーンと鈴が鳴る、ところだ。

だが、鳴らなかった。

もう一度突いた。鳴らない。
今度は持ち上げて振った。鳴らない。
「あれ？」
山伏の口から、そんな一言が出た。
その後、呪文が唱えられたが、鈴が鳴ることは一度もなかった。
そのまま神事を終え、山伏は謝礼を受け取って帰って行った。
「なんや、今年は縁起悪いな」と、社長は厭な顔をした。
その年の四月、会社が潰れて、Ｆさんは無職になった。

雪の子

Sさんは山形県の出身である。

これは、小学二、三年のころの記憶だという。

ある雪の降り積もる午後、家族で車でかけた。

Sさんは助手席に座り、国道一三号線の雪景色を見ていた。

道は、対向車との二車線。

やがて、行く手に妙なものが見えてきた。

身を乗り出すようにそれを見た。

道の真ん中に、進行方向に足を向け、仰向け(あおむ)けに倒れている子供がいる。

「あっ、パパ。あそこに子供がいるよ」

運転席の父は指差した方を見るが、「うん？　どこに」と、どうも見えていないようだ。

「あそこだよ、ほら」

そう言っている間に、その子の横を通過した。

自分と同じくらいの年齢の男の子で、両肩を見るとランドセルを背負っているのがわかった。その子の上には、少し雪が積もっていたが、その顔ははっきり見えた。目を閉じていた。東京から来た垢抜けした子、というような印象がある。

一瞬、交通事故に遭ったのかなと思ったが、血が出ているわけでもなく、おだやかな表情だった。

はっ、と後ろへ遠ざかるその子を見た。

車が、その子の横をびゅんびゅんと行き交っている。やがてその子は、遠くに見えなくなった。

後に、あそこで子供が交通事故に遭ったとか、目撃情報を求める立て看板が立てられたということもなかった。そして、家族の誰もが、そんな子は見ていないと言った。

怖がらないわけ

以前、私が怪談イベントを終えたとき、ロビーでひとりの男性に声をかけられた。

「僕の弟の体験談なんですけど、聞いてくれますか」と言う。

弟さんは、Aさんといってマンションに住んでいる。

夜中、喉(のど)が渇いて、ビールでも飲もうと思った。

寝室を出て、キッチンに入ろうとすると、冷蔵庫の前に、巨大な少女がいたのだ。

コスプレのイベントで女の子が着るような、ロリータの服装だが、あまりに巨大すぎて、顔の部分が天井を突き抜けている。

首から下が、そこにある。

彼は「なんだよ、邪魔だな」とつぶやきながら、その少女の後ろに回り込み、隙間に手を突っ込んで、なんとか冷蔵庫の扉を開けた。中からビールを取り出すと、また扉を閉めて、部屋に戻ってビールを飲んだ。

「どうです？　使えますか」と言われたが、なんとも言えない。仮にその話が本当だとして、なんで弟さんは、自宅の冷蔵庫の前に立ちはだかる巨大な少女を怖がらなかったのか、という疑問が残る。

話をしてくれた男性に、そこを指摘した。

何カ月か後、また、私の怪談イベントにその男性が参加していて、再び声をかけられた。

「あれから、弟に聞いてみたんです。そしたら弟は、あれっ、兄貴に言わんかったっけ、って言うんです」と、今度はこんな話を聞かされた。

Aさんは朝の早い仕事で、毎朝五時に家を出る。

住んでいるマンションは八階建ての八階の部屋。玄関を出ると、長い外廊下になっていて、正面突き当たりにエレベーターの扉がある。廊下の片方には部屋の鉄扉がずらりと並んでいる。もう片方は外に面していて、コンクリートのフェンスが伸びている。

Aさんの部屋はエレベーターから三つめの部屋だ。外廊下に出て、玄関の扉を閉めて鍵（かぎ）をかけると、エレベーターの前へと歩いた。階数表示は一階になっていたので、ボタンを押して待つ。このとき、何気なく、廊下のほうを振り返って見た。

長い外廊下の一番奥に、中学生くらいの女の子がいた。

Aさんは、目がよくないのではっきりとは分からなかったが、少女は背中をこちらに向けていて、白いフリフリのついたドレスのようなものを着ている。なんだか、コスプレのイベントで女の子たちが着そうな服だ。

少女は、突き当たりのコンクリートのフェンスに両肘を乗せて、外の景色を眺めている。

「寒ないか？」と、最初に思ったという。

真冬の早朝。しかも八階の外廊下。防寒着に身を固めた彼でさえ、歯がカチカチと鳴っている。あの恰好では絶対に寒い。

考えたらすべてが妙だ。

早朝で、まだ暗闇、中学生くらいの女の子、そしてあの恰好……。

だいたい、あんな女の子、このマンションにいたっけ？

よく、目を凝らしてみた。

裸足！　裸足のかかとが見える。

ふとその時、その少女が、こっちを見ているような気がした。

後ろ姿と思っていたのに、肩までの黒髪で覆われている頭部の部分に、あごがあるのだ。

顔がある……。

えっ、体は後ろ姿だよな。

黒髪の奥に、目もある。じっとこっちを見ている。

足を見た。足のつま先がこちらを向いている。

いつの間にか、その少女は、完全に体をこちらに向けていた。

怖くなって、目を逸らし、体をエレベーターの正面へと向け、階数表示を見ようとした。と、つんつん、と何かに袖を引っ張られた。

見ると、さっきまで廊下の奥にいたはずの少女が、足元にうつむき加減にしゃがみこんでいて、その右手を伸ばして、Ａさんの袖を摑んでいるではないか。

「ううわっ」と、思わず振りほどくと、もう、少女はいなくなっていた。

はっと後ろを振り返ると、少女はまた元の場所にいた。こちらを向いて立っている。

と、いきなり、さっと手を上げると、走る体勢を見せた。

「えっえっえっ」

うろたえていると、少女が裸足のままで走りだした。

両手を大きく振って、大股でこっちへ来る。

タァーン、タァーン、タァーンと、その足音がマンションじゅうに響き渡る。

「わぁ、来た」
エレベーターはまだ来ない。五階、六階あたりを上がっている。
少女は、どんどん近づいてくる。
エレベーターの脇に、階段がある。
足音が、大きな残響音とともに、もう、そこまで迫っている。
よし、階段で下りよう。
そう思った瞬間、エレベーターが来た。
ガァーッと扉が開いた。
思わず乗り込んでから、しまった！　と思った。
中に入ってくる。階段下りたほうがよかったかな。
少女が間近に来た。
「来たあ！」
目をつむった。
その瞬間、エレベーターの扉が閉まった。
ドォーン。
勢い余った少女が、扉にぶち当たった音が、うわーん……と、周囲に響き渡った。
同時にエレベーターは下降しだしたが、いつ、扉が開いて、あの少女が飛び込んでくるか、気が気でなかった。

　一階エントランスに到着すると、ゆっくり扉が開いた。

おそるおそる、外を見たが、掃除をしている管理人さんがひとり。

「ああ、おはようございます」

　管理人さんの挨拶で、異様な空気が消し飛んだ、という。

「弟は、そんなことがあってから、何回もそんな奇妙な少女に遭遇するようになったらしくて、それで、キッチンの冷蔵庫の前にそんなものが現われても、またか、と思うようになったというんです」

　それは現われるだけで、無害だから気にしないでいるのだそうだ。

24
寒い道

Iさんが学生の頃、というから二十年くらい前のことになる。

金はないが暇はある。

よく、友人のJさんを誘って、ふたりで目的地のないツーリングを楽しんだ。

大阪を出発して、志賀高原や奈良、名古屋あたりに行ったこともある。

ある冬の日曜日、IさんとJさんは、奈良に向かってバイクを飛ばしていた。

途中、不可解なものを見た。

前をワンボックスカーが走っていて、そのサンルーフから、人の頭が出ている。

若い男のようだ。最初、Iさんは、あの人は酔いざましでもしてるんだ、と思った。

ところが、その頭がなかなかひっこまない。ずっと出たままなのだ。

今は二月で、IさんもJさんも完全防備。それでも風があたって、鼻がもげそうなほど痛い。なのに……。

信号待ちで止まった。しげしげとその頭を見る。帽子もかぶっていない。

「おい」とJさんが声をかけてきた。

「お前も奇妙だと思ったか。あの頭、ヘンだよな。こんなに寒いのに、あれ、おかしいよな」

「マネキンじゃないか？」

そうではない。どう見ても人だ。

信号が変わって、車が動きだす。ワンボックスカーもそのまま走行する。その後をずっとふたりはついていった。

まるでカミソリの刃のように刺す冷たい風の中、頭はずっと存在していた。

三十分は走った。

やがてワンボックスカーは右手へ、Ｉさんたちは左手へと分かれ、それっきりになった。

雪の伊吹山

　Hさんの還暦前の父が、今度の日曜日、会社で伊吹山に登ることになったと言う。

「親父、今二月やぞ。雪も積もってるやろうし、遭難するぞ」とHさんは諫めたが、社長が伊吹山の信仰をもった人で、何年かに一回は登ることになっているという。

「はじめてのことやないし、会社の行事やから」と、父は日曜日の早朝、伊吹山へと出かけて行った。

　夜遅くになって、無事に父が帰って来たので、Hさんはホッとしたが、様子がなんだかおかしい。

「大丈夫やったか?」と聞くと、「妙なことがあった」と、こんな話をした。

　駐車場でバスを降りると、ガイドを先頭に一列となって、みんなで登山道へと踏み入っていった。ところが父は、年のせいもあってか、どんどん遅れて、最後尾になった。

　息を切らせ、懸命に登るが、前の人の後ろ姿もどんどん離れていって、やがて見えなくなった。

「あかん」

一旦、岩に腰かけて休むことにした。行き先はわかっている。ひとりでぼちぼち登ろう、そう思った。すると、雪が激しく降ってきて、みるみる目の前が白一色になった。

(独りで登るのは、危険だ、どうしよう)

すると、黒い人影が目の前に現われた。吹き荒れる雪の中から、次から次へと人影が現われ、父の目の前を通って山頂へと向かっていく。

(この人たちについて行こう)

重い腰を上げ、彼らの後ろをついて行った。歩く速さはちょうどついて行けるくらいで、比較的楽に登山道を進んだ。

そろそろ、頂上か？

そう思ったとき、雪がやんであたりに風景が広がった。

バスが停まっている駐車場だった。

(あれ、登ってたはずやのに)

そういえば、つい先ほどまで列を成していた登山者たちが見当たらない。忽然と消えてしまったようだ。

仕方なく、停車していたバスに乗り、みんなが帰るまで待たせてもらった。

「あのとき、ほんとうは体力的な限界を感じていたし、雪も酷かったから、山の神様が助けてくれたのかもわからんなあ」と、父はポツリと呟いた。そしてこうも言った。

「けど、下りてない。わしは登ったんや。そしたら駐車場や。わけわからんわ。狐につままれた、とはあのことを言うんやな」

五号室

八十歳を過ぎたA子さんからお聞きした話である。

不確かなところもあって、再度取材を申し込んだら、もう高齢で亡くなっていた。だから、これ以上のことはわからない。


戦後、間もない頃の話である。

当時、A子さんの実家は、京都府下のある町で産院科を個人経営していたという。今で言う、産婦人科だ。A子さんはその産院科の助産婦として勤務していた。

産院科の建物は、木造二階建て。玄関を入るとすぐ受付があり、正面には奥へと通じる廊下がある。右側には二階へ上がる階段がある。一階部分は、診察室と応接間、その奥にはA子さん一家の居住スペースがあり、助産婦たちの寝泊まりする部屋もある。

階段を上がると、すぐ手前に台所があり、真っ直ぐの廊下の左右に、部屋が四つずつ。この部屋は入院患者のための病室で、六畳ほどの広さ、妊産婦の患者さんと赤ちゃん用の二つのベッドが設置してある。

終戦直後のことだ。大陸や南太平洋（みなみたいへいよう）に行っていた兵隊たちが次々に復員し、疎開先から帰って来る人たちも大勢いて、この産院科の八つの部屋のベッドが空くことはめったになかったという。

いつからか、この二階のどこかの部屋で、幽霊が出る、という噂がささやかれるようになった。具体的に何が出る、というものでもないらしい。しかし、入院患者がこそこそとそんな話をしているのをA子さん自身も小耳にはさんでいたし、近所の人たちが噂していることも知っていた。

しかし、A子さんは、それを本気になって否定も肯定もする気はなかった。また、そう気にするほどのことでもないと、思っていた。

そんな、ある冬のこと。

夜遅く、A子さんは往診から戻った。かじかむ手で日誌を書くと、疲れもあってすぐに床をとった。

ギシッ。

木の床を踏みしめる音に、A子さんは、ふっと目を覚ました。

ギシッ。

やっぱり音がする。

隣を見ると、夫がいびきをかいて寝ている。

ギシッ。

「だれ？」

A子さんは、部屋の電気を点け、ガウンを羽織ると廊下に出て、廊下の電気も点けた。

ひとりの女が、忍び足で階段を下りてくるところだった。両手で赤ちゃんを抱いていて、赤ちゃんのぐずる声もしている。

「どうなさったんですか、こんな時間に」

声をかけながら、女に近寄る。

女は、とんとんとんと早足に階段を下りきると、わっとその場に泣き崩れた。

六号室の患者さんだ。こんもりとした厚着で身を固めていて、大きな風呂敷包みを背負っている。

「どこかへお出かけですか？」

女は、泣くばかりで何も言わない。

「泣いてるばかりじゃ、なにもわからないじゃないですか。わけを言ってください。一体、どうされたのですか？」

するると女は、「こんな時間に、すみません。実は、ぜひ、うちへ帰らせていただきたいのですが」と泣きながら懇願する。

「でも、真夜中ですよ。外は寒いし……。まあ、こっちにお入りなさいよ」

一階の応接間に、女を招き入れ、ソファに座らせた。

ストーブもない部屋は寒かった。

女は、むずかる赤ちゃんをあやしながら、ずっとうつむいて黙っている。

A子さんは、なにがあって実家に帰ろうとしたのか、いろいろ尋ねたが、なにも言わない。

「とにかく、こんな寒空の夜ですよ。そんな体で歩けるものじゃありません。それに、赤ちゃんの身にもなってあげましょうよ」

そう言っても、やはりなにも言わない。ただただ、うつむいて、赤ちゃんをあやしている。この患者は、別の助産婦が担当をしているので、A子さんには、詳しいことはわからない。とにかく困った。

「あの、うちで不手際があったということなら、遠慮せずにおっしゃってくださいな。ともかく、今、外へ出るというのは、およしになってください。おわかりになりました？　じゃあ、お二階の部屋へ戻りましょう。私も、ご一緒しますから」

すると女は、やっと顔を上げて言った。

「この応接間で寝てはいけませんか」

その目には、涙が浮かんでいる。

「ここで、ですか。ここはストーブもありませんよ。それに規則で、ここで寝ていただくのは、ちょっと……」

「二階に、幽霊がいるんです」

女はかぼそい声でそう言った。

「えっ、幽霊？」

「ですから、あの部屋へは戻りたくないんです」

「なにがあったんです？　なにかを見たんですか？」

すると、ようやく女は、小さな声を震わせながら、こんな話をしだした。


大きな唸り声がして、目が覚めた。

すると、暗い部屋の隅っこに、大きな人が立っていた。それは闇より黒く、ただ二つの目だけが、赤く、らんらんと光っていた。それを見た瞬間、恐ろしさに悲鳴をあげようとしたが、他の患者に迷惑がかかると思って声を喉に押し込み、ここを出ることを決心した。実家に帰ろうと荷造りをして、赤ちゃんを抱いて、忍び足で階段を下りた。そこをA子さんに見つかったのだという。

「ほんとにそれは、幽霊なんですか？」

思わずA子さんは、そう口にした。

「だから、きっと信じてもらえないと思って、黙って帰ろうとしたんです」

女はまた泣きだした。

「わかりました。じゃあ今晩は、ここで寝てください。そして、どうしてもおうちに帰りたいとおっしゃるのでしたら、明日の朝いちばんで、あなたのご主人に連絡して、迎えに来ていただきましょう。それでよろしいですね」

女は、うんうんとうなずいた。

「じゃ、おふとん、二階のお部屋から取ってきます。ちょっとお待ちください」

A子さんはそう言うと、応接間を後にして、ひとり、階段を上った。

階段を上りきると、暗い廊下だ。患者も赤ちゃんも寝静まっていて、しーんとしている。

廊下の電気を点けようとしたが、点かない。

当時はよく停電があったが、このときはそうではない。下の廊下や階段の電気は点いている。なんで点かないのかしら、と、いろいろ試しているうちに目が慣れてきた。

廊下のようすが、ぼうっと見える。A子さんは、廊下の壁を手で伝って六号室のドアの前へ行き、中へ入った。

病室の電気もやはり点かない。ベッドのあたりを手で探ると、はだけた掛けぶとんがあった。そのふとんをさっと抱えると、指先が湯たんぽに触れた。

「あれ、冷たい。なんで……」

赤ちゃんのベッドを探ってみた。やはり湯たんぽが氷のように冷たい。

そんなことは、助産婦のミスとしてもありえないことだ。

すると、部屋のどこかから、ノイズが聞こえてきた。

ヴヴヴヴヴという、電気的ななにかが混線しているような、不快な音。

そして、ピタリと音はやんだ。

「なに、今の」

ぶるっと体が震えた。もう下へおりよう。そう思って掛けぶとんを抱えなおすと、そそくさと六号室を出た。

「さっきのは、犬の声だ」

なぜか、そう思った。

そうか、患者さんが見たという赤い目も、犬の目だったんだ。そう頭の中で解釈した。幽霊なんかいるはずがない。そう思うと怖い、という感覚は薄れたが、犬だとしたら、それは別の意味で危険だ。他の部屋には赤ちゃんがいる。もし嚙まれでもしたら、大変だ。

A子さんは、台所に掛けぶとんを置くと、一本の包丁を手にした。そして、包丁を持ったまま、五号室へと向かった。犬は六号室にはいなかった。ということは、隣の五号室に隠れている、そう思ったのだ。

五号室のドアに触れた、その瞬間。

ヴヴヴヴヴッ、あの音がまた発生した。

その音が、だんだん大きくなる。そして、轟音と化した。

建物が揺れだした。ドアやガラスもガチャガチャと音をたて、A子さんは立っていられなくなった。

鼓膜が破れる!

包丁を思わず床に落とし、しゃがみこんで、両手で耳を塞いだ。

と、五号室のドアが目の前でスッと開いた。中は暗闇。だがその闇の中に、真っ赤な目が二つある。うずくまっているA子さんを、じっと見下ろしている。その目が、動きだした。

こちらへ来る!

目が、ドアから出てきた。目の正体がわかった。子供だった。

小学四、五年生くらいの男の子が、A子さんの前に立ちはだかっている。その目が真っ赤に光っているのだ。

その子は、まるでバケモノだった。

鼻は削ぎ落とされたように潰れていて、唇はただれていてない。口が、ぱっくり開いていて、そこから、轟音が発せられていたのだ。

ヴヴヴヴヴッ……。

「いやぁー、怖いっ！」

A子さんは思わず叫んだ。すると、男の子の口がガクッと閉じた。同時に轟音も消えた。

両耳を塞いでいた手をはずして、男の子を見る。その後ろに、たくさんの光る赤い目があった。

そしてぞろぞろと、一様にただれた顔をした男の子が、五号室から出てくるのだ。

その数がだんだん増えていく。たった六畳の部屋から、どんどん男の子が出てきて、A子さんは階段のほうへと押し出されていく。

男の子たちはみな無表情で、A子さんの服をひっぱり、腰にしがみつき、足首につかまり、顔や肩を触ってくる。

「いや、いや、いやっ」

どんどん押される。とうとう、階段まで来た。

まだ押される。

落ちる！

「きゃあああ！」

絶叫し、男の子たちと一緒に、階段を転げ落ちた。

転げ落ちながら、二階の電気が点くのを見た。

気がつくと、夫の顔が目の前にあった。

「お前、大丈夫か」

「……わたし、どうしたん？」

見まわすと、階段の下だった。

「どうしたって、お前のものすごい悲鳴と、階段から転げ落ちる大きな音がしたから、それで目が覚めて廊下に出たんや。そしたら、階段の下で気を失っているお前と、それを心配そうに見ている二階の患者さんがおったというわけや。なにがあったんや」

見ると、階段の上には心配そうにこちらを見て、立ち尽くしている患者さんたちがいる。

「そうそう、あなた、ものすごい轟音、聞こえんかった？」

「轟音？」

「そう、まるで爆撃機がすぐそこを飛んでいるような、凄(すご)い音」

「爆撃機？　いったい、なにを言うてんのや」

そういえば、あんな轟音がしていたのに、他の病室の患者さんたちは、誰も起きてこなかった。あっ、と思い出した。

「応接間！」

急いで応接間に行ってみた。

誰もいない。電気も消えている。

「ここ、誰もいなかった？　六号室の患者さんは？　赤ちゃんは？」

「ちょっとどうした。ここには誰もおらんかったけど。なにがあったんや」

「ちょっと、あなた来て」

夫を二階の六号室に連れて行った。

電気は点いた。が、誰もいない。あの患者さんも、赤ちゃんも。ただ、氷のように冷たい湯たんぽが、二つのベッドに転がっていた。

「五号室！」

隣の五号室へ行ってみた。

やはり無人。珍しく患者のいない空き部屋だった。そして、怪しい形跡はなにもない。「ここから子供が……」と言いかけて、止めた。

あの患者さんが、きっと信じてもらえない、と泣いた気持ちがわかった。

それにしても……。

「あの患者さん、ひとりで帰ったのかしら。赤ちゃん、無事やろか」

電話の珍しい時代。産院科には電話があっても、先方さんには電話はない。だから、なんの確認もとれない。そのままA子さんは、眠れない夜を過ごした。


翌朝、早くに、ひとりの男が訪ねてきた。

あの、六号室の患者の兄だという。

「入院中の妹が、真夜中に急に戻って来たんで、びっくりしましたんや。一体、なにがあったんやと聞いても、泣くばっかりでなにも言いよらん。なにがあったか、さっぱりわからん。ただ、えらく震えてましてな。そら、この寒空の下を五キロ近くも歩いて来たわけやから、そら、寒うて凍える思いやったやろうけど。しかし、そうするからには、よっぽどそうせんとあかん、事情があったはずやと思いましてな。とりあえず、妹のことは、義理の兄にまかせて、わたしが、こちらさんにその事情をお話ししていただきたいなと、こう思いまして、足を運んだわけですわ」

そう言われても、A子さんも、よくわからない。

とりあえず、無事に実家に帰ったということで、ホッとはしながら、昨夜あったことを、覚えている限りのことを話した。不気味な子供のことは除いて。

すると「そんなはずはない」と、男は声を荒らげた。

「赤ちゃんを抱いてた？　あほな。妹はここで、死産しましたんやで」

「死産？」

「わしもその場に立ち会ったがな。わしだけやない。親族一同が知ってることや。あんたとこの病院であったことやないか。あのときの助産婦さんを呼べ。担当してた人や。ここに呼べ」

　担当した助産婦は、確かＦさん。

　急いで泊まりの助産婦さんを呼び、早く来るようにと迎えにやった。

　しばらくして、Ｆさんが姿を現わした。

「六号室の患者さん、死産だったの？」

「ええ、そうです」

「私は知らせてもらっていないよ」

「夜遅いお帰りでしたし、今朝、いちばんでお知らせしようと思っていました。お寺さんの手続きも、今日ということになっていますので」

「赤ちゃんの遺体は？」

「それは、ここに安置してます」

「ここって？」

「お隣の五号室がたまたま空いていましたので、そちらに」

「五号室、確かやね」

今度は、Fさん、患者の兄と一緒に、三人で五号室へ入った。

やはり、空のベッドがあるだけ。

「ここに、確かに安置しとったんです」と、Fさんは血相を変えている。

A子さんは、記憶をたぐってみた。

「お兄様、私は確かに妹さんが赤ちゃんを抱いて、あの階段を下りてきたところを見ているんです。ひょっとしたら、それはご遺体で、実家にお持ちになったということは?」

「それはない。妹は、ひとりで戻ってきました」

じゃあ、赤ちゃんの遺体はどこに?

いや……、あれは遺体ではなかった。むずかっていて、患者はあやしていた。

そして、その患者さんが見たという幽霊は? 私が聞いた、あの轟音、崩れた顔の赤い目をした大勢の男の子たちは?

一切はわからないままだった。

赤ちゃんは、遺体のないままお寺で葬られた。

産院科は、昭和四十年代の初頭に廃業したが、その後もその建物には、A子さんの息子夫婦、そして孫と、住みつづけていた。五号室だけはそのまま残され、開かずの間としてあったという。その建物も、十年ほど前、とうとう老朽化のため取り壊され、A子さんも亡くなったのである。

夏姿

ＯＬのＫ子さんは、昼休みにランチを食べに、行きつけのレストランへと向かった。

わずかに粉雪が舞う、冬の昼休みのオフィス街には、大勢のサラリーマンが行き交っている。

と、Ｋ子さんの足が止まった。

数メートル先に、小学三、四年生くらいの男の子が立っている。

サラリーマンたちの中にひとり、子供が立っているのも妙だが、真冬だというのに、ランニングシャツに半ズボン、頭は丸刈りというその恰好(かっこう)に、違和感を覚えたからだ。

すると、男の子は、右手を上げると、上空を指差した。

「えっ、なに？」

思わずその指の方向を見ようとした瞬間。

ドン！

足元で鈍い音がした。

人が降って来たのだ。

「きゃああ！」

たちまち周囲は、阿鼻（あび）叫喚に包まれた。

（あっ、あの子に気をとられずにあのまま歩いていたら、飛び降りの人と私は、激突するところだった）

そう思うと、ゾッとした。

しかし、あの男の子は、もうどこにもいなかった。

春

警備員を辞めた理由

春、U子さんたちの職場に新人が入って来た。

二十歳の男性、Nくんだ。

昼休み、U子さんはNくんに話しかけた。

「Nくんは、今までなにしてたん？　学生？」

「違います。警備員をしていました」と言う。

警備員、と聞いて、U子さんの好奇心が高まった。彼女は、怪談好きなのだ。

「警備員やったらさあ、いろいろあったんと違う？」

「なにがです？」

「心霊体験」

「あっ、いっぱいありますよ。実は辞めた原因もそれなんです」

警備会社に入って二年目に、京都府下の某町にあるモール型ショッピングセンターの夜警を担当することになった。

私鉄電車の駅とショッピングセンターとを結ぶ高架通路があり、途中、公園へ下りる階段がある。外回りの警備をした際、その階段を下りた。

公園のベンチに座るひとりのお爺さんの後ろ姿があった。

もう最終電車も出た遅い時間だ。なにをしているんだろう、と懐中電灯を片手に近づいた。

だんだん近づいていくと、膝の上に白い箱をのせているのが見えた。

遺骨の入った箱だとわかった。

身内が亡くなって、その悲しみに浸っているのだろうか。

しかし、時間も時間だ。「もし……」と、声をかけようとした。すると、パッと老人が顔を上げて、こっちを見た。

白目がなかった。

思わず後ずさりすると、目の前には無人のベンチしかなかった。

このくらいのことは、頻繁にあったという。

真夜中のショッピングセンター内の巡回時には、当然、店内に人はいない。

なのに、いることがあるそうだ。

三階から階段を使って、下へおりる。そこは吹き抜けで一階のフロアが見える。

そこに、何人かの人がいる。店内の薄明かりを受けて、ベンチに座ったり、フロアに立っていたりする男女が見える。

あれ？　と思って階段を駆け下りる。

途中、柱があって一旦(いったん)、フロアの様子が遮られる。次に見たときは、誰もいなくなっている。

そんなことも、頻繁にあったそうだ。


ある夜遅く、店内巡回のためにエレベーターに乗った。

四階のボタンを押すと、エレベーターが動きだす。すると、いきなり真っ暗になった。

「えっ、停電？」

だが、エレベーターは動いている。しかし、暗くなったと同時に、周りに人がいっぱいいるという感覚に襲われた。いや、感覚ではない。確実にいるのだ。

人の肩や背中が、自分の体に密着している。

エレベーターは、四階に停まらず、最上階まで上って停まった。

同時に電気が点(つ)いた。

鈴なりの人がいて、全員がNくんを見ていたそうだ。

扉が開くと、人々は順番にエレベーターから出て、列を成して屋上へと進んで行く。

Nくんも、一瞬、その後について行きたい誘惑にかられた。

だが、すぐに四階のボタンを押し、扉を閉めた。

あのままついて行ったら、きっと屋上から飛び降りる、そんな直感が働いたのだ。


また、別の夜。

一階から上のフロアへ上ろうと、エレベーターのボタンを押した。エレベーターは上に上っていたので、下りてくるのを待った。

すると「わあああああ！」という、ものすごい男の悲鳴が、館内に響きわたった。

今、この建物には、Nくんの他には先輩の警備員のHさん、Oさんがいるだけ。

「どうかしましたかー！」

上に向かってNくんは叫んだ。

しかし、Nくんの声が館内に響いてこだまするだけで、なんの反応もない。

やがて、エレベーターが下りてきて、目の前で開いた。

ふたりの先輩がそこにいた。

「あれ？　先輩、大丈夫ですか」

すると「なにが？」という顔をされた。

「さっき、凄い悲鳴をあげていたじゃないですか」

「なに、それ？」

ふたりの先輩は、そんな声を出していないし、聞いてもいないという。


その翌日の夜。

いつものように職場に着くと、警備会社から、Hさん、Oさんが亡くなったと聞かされた。

ふたりとも、それぞれの自宅で変死した。亡くなったのはほぼ同時刻だという。

ひとりは、溺死（できし）だったと聞かされた。

あの悲鳴とふたりの死が、関係があるのかどうかはわからないが、Nくんは怖くなって、警備の仕事を辞めたという。

落ちてくる

サラリーマンのMさんは、長年、マンションで独り暮らしをしている。

ある朝起きると、枕元に長い髪の毛の塊が落ちていた。

ギクッとした。

誰の髪の毛?

Mさんの髪ではない。長いので女性のもののように思われるが、女性の訪問客などいない。夜の間に誰かが入って来たのか?

調べてみたが、玄関の戸も窓も、内側から鍵がかかっていた。

これが、年に一度だけある。

三月三日の朝。

もちろん前日寝る前には、そんなものはない。

二日から三日にかけての夜中、あるいは早朝に何かが起こっている。

ある年の三月二日の夜、徹夜で起きて確かめることにした。

ところが三時を過ぎた頃、寝落ちした。

パサッ、と、何かが落ちてきた気配に目が覚めた。
女の頭部をまるまる覆うほどの髪の毛が、目の前に落ちてきたところだった。

七歳

Oさんは市場で働いている。

ある春、仲間のひとりが転勤することになったので、みんなで送別会をした。

二次会、三次会と梯子(はしご)して、最後にキャバクラに入った。

大勢で入ったので、奥のボックス席に案内され、Oさんは通路側に背中を向けて座り、店の女の子たちと飲んだ。

ところが、通路をしきりに人が通り、背中や肩をとんとん、と叩(たた)かれる。

そのたびに振り返るが、誰もいないのだ。

「さっきからどうしたんですか？」と女の子に聞かれた。

「俺の後ろ、誰か通ってないか？」

「誰もいないですよ」

「通ったろ。誰かここ」

「いませんてば。変なこと言わないでくださいよぉ」

「そうかなあ……」

飲みなおした。

また、とんとん、と肩を叩かれた。

絶対に誰かいる。

振り返ると、七歳くらいの男の子がいた。

「この子、誰の子？」

再び女の子たちを見てそう言うと、みんなはきょとんとしている。

「だってほら、この子……」

いない。

「ここさ、託児所でもあるの？」

「なんのことですか？」

「いや、子供がいたから……」

「だから誰もいませんてば」

そんなやりとりをするが、誰もが子供などいないし、いるはずがないという。

そういえば、妙だ。

Tシャツに半ズボンという服装、はっきりとそれは見えたが、顔が透けていた気がする。

後日、友人とまたその店に入った。

横に座った女の子が「あっ、この前のお客さんですよね」と声をかけてきた。

「おう、覚えてくれてた？」

「あのとき、子供がどうのって、言ってましたよね」

「そうだよ。絶対にいたよ。男の子だったの、俺、見たもん」

するとその女の子が、わっと泣きだした。

「その子、私の子です」と言う。

「あの日、お客さんが帰られた後、私、急にお腹が痛みだして、救急車で病院へ搬送されたんです。お腹に子供がいたんですけど、そのまま流産してしまったんです」

「えっ、どういうこと？」

「実は私、ちょうど七年前にも、赤ちゃんを流産したんです。男の子でした。どちらの子も同じ彼氏の子でして。きっと、あの日、その子が弟を迎えに来てくれたんです」

病室に、その子は現われたという。

Tシャツに半ズボン、顔は透けていた……という。

すれ違う

ある春先のこと。

「仕事帰りに寄ったスポーツジムからの帰り道なので、夜の八時頃だったと思います」とEさんは言う。

いつもの公園の遊歩道を走った。

あたりは暗く、外灯の明かりが行く手に並んでいる。

その外灯の下に、ひとりの女が、ぽつねんと立っているのが見えた。

なにかおかしい、と思った。

だんだんと近づいていく。

背中を向けているが、背の高いスマートな若い女だとわかった。

もっと近づく。

セミロングの黒髪、白いブラウス、黒いパンツにパンプス。それが外灯の明かりではっきり見えている。ただ、脚が長い、というより腰の位置が異様に高いという印象がある。

いよいよ女の真横を通る。

顔を見てみたい。そんな衝動が起こって、走りながら女をちらりと見た。

あれ……いない。

ただ、外灯の明かりが、道に落ちているだけ。

見間違い？　いや、そんなはずはない。女の服装や特徴を、ちゃんと覚えている。

そのまま走りつづけた。

前から、背の高い女がこちらに向かって歩いて来るのが見えた。

ぞくっ、とした。

さっきの女だ。腰の位置が異様に高い。間違いない。白いブラウス、黒いパンツ、パンプス。

今度は顔が確認できる。

近づく。

ボヤッとした、真っ白の顔。

(あの女、生きていないぞ)

すれ違ったその瞬間、体中が総毛立った。

振り返ることができなかった。

顔に、目鼻や口があった印象がまったくなかったそうだ。

卒業旅行

ずいぶん昔の話だ。

A子さんが大学を卒業する際、仲良しだったS子さんとふたりで、ある半島に卒業旅行と称した小旅行をした。

計画性のない旅行で、旅館に予約も入れずに気ままに駅を降りて、あちこちを見て歩く、というものであった。

温泉町に立ち寄った。

温泉を楽しみ、おいしいものを食べ、お酒も飲んだ。

「今夜、どこに泊まろうか」

あたりは旅館やホテルだらけだ。なんとかなるだろう、という思いでいた。

ところが、現実はそうではなかった。どこへ行っても、予約なしでは泊めてもらえない。

春の旅行シーズンに重なった上、学会の合同研修会のようなものが地元で開催されているそうで、いつもより空きがないそうだ。

そうこうしているうちに、夜も遅くなってきた。

なんとしてでも、宿を探さなければならない。

「聞いた話なんだけど、宿って、なにかあったときのことを考えて、必ず一部屋は空けているって、旅行業者の人から聞いたことあるよ」と、S子さんが言いだした。

「あっ、それ聞いたことある。そっか。だったら、私に考えがある」

A子さんは、次の旅館に入って交渉した。

やはり最初は、満室ですからと断られた。

「明日も泊まります。二泊しますので、なんとか部屋を用意してほしいのですが……」

「ちょっと、お待ちください」

二泊と聞いて、フロント係は奥へ入って行った。しばらくして姿を現わした係の人に、「特別にお部屋を用意いたしましたので、こちらへどうぞ」と、部屋に案内された。

「ラッキー！」

ふたりは心の中で拍手した。ふとん部屋のようなところかと覚悟もしたが、案内された部屋は、雰囲気のいい和室だった。床の間つきで、十畳ほどの広さで広縁もある。

「なんだ、いい部屋じゃん」

ふたりは浴衣(ゆかた)に着替えると、この日何度目かの温泉に入った。

部屋へ戻るとふとんが敷いてあった。ふたりはふかふかのふとんに潜り込むと、電気を消して、おしゃべりを楽しんだ。

しかしA子さんはこのとき、なんとはなしに、悪寒を感じた。

その元は、部屋の隅にある、一枚の立派な姿見にあるように思えた。鏡本体にはカバーがかけてあるが、それが気になってしょうがないのだ。

そのうち、昼間の疲れもあって、ふたりとも、うとうとしだした。

夜中、A子さんは急に目が覚めた。体が、汗だらけだ。

なんだか怖い夢を見たという記憶がある。動悸(どうき)が激しく、部屋にうずまく寒気が寝る前よりも増幅している気がする。

ふっと、部屋の隅を見た。

闇の中に、姿見がある。

と、ばさりっと、カバーがはずれて畳に落ちた。

心臓が止まりそうになった。思わずふとんの中に頭を潜り込ませた。

(あの鏡、ヘンだ。なんか、ヘンだ)

部屋は電気が消えていて暗いが、うっすらと外の明かりが入ってきている。

鏡はこの部屋を映しだしているはずだ。だが、鏡の中は、この部屋より黒かった。

いや、鏡一面が漆黒の闇だった。

それに、なぜ、誰も触れないのに勝手にカバーがはずれて落ちたのだ？

（やっぱりヘンだ、あれはヘンだ）

気を落ちつけようとするが、動悸はますます激しくなり、総毛立つ皮膚感が尋常ではない。振り返ってS子さんを見ると、すやすやと寝息をたてている。

（私も寝よう）

そう思って、ふとんを頭までかぶって目を閉じて、寝返りを繰り返した。

何か来た！

そんな感覚が、突然走った。

きっと鏡の中からだ。ふとんの隙間から、姿見を見てみた。漆黒の面の真ん中に、ちらちらと光る一点がある。

それがだんだん大きくなっていく。

それはちらちらとうごめくように大きくなりながら、光る人の形となって、こっちへやってくる。ふとんをまた頭からかぶったまま、ぶるぶる震えた。

一瞬、部屋の電気がバチバチッと点いたかのようになって、明るくなった。その明かりがふとんの隙間から入って来た。と、思ったらすぐに暗い部屋に戻った。

同時に、姿見の前に人が立った、というイメージが思い浮かんだ。

いや、イメージではない。

ぺたり、ぺたり、と畳を踏みしめる音がする。

移動している。

ぺたり、ぺたり。それが、A子さんの枕元を通って、S子さんが寝ているふとんに近づいているようだ。

（いったい、なにが、あそこにいるの！）

ぺたり、ぺたり。

足音と、その気配が止まった。

（なに、なんなの？）

勇気を出して、ふとんを頭からかぶったままS子さんの枕元のあたりに目をやった。

あっ！

思わず息をのんだ。

そこには、A子さんがいうには、みいら、がいたという。

全身包帯だらけ、包帯からは膿（うみ）や血がにじんでいる。男だ。

みいら男は立ったまま、寝入っているS子さんの顔を、じっと覗（のぞ）き込んでいる。

「う～ん、う～ん」

S子さんは、寝たまま、苦しそうなうめき声をあげる。

みいら男は、S子さんをじっと、ただただ見ている。

悲鳴をあげたかった。しかし、悲鳴をあげると、みいら男が気づいて、きっとこっちへ来る。その恐怖がそれを押しとどめた。

すると、

「ええかげんにしてー!」

寝ていたはずのS子さんがそう大声をあげたと思うと、自分のかけぶとんを、そのみいら男に投げつけた。そして起き上がると、そのふとんをみいら男にかぶせて、「ふざけんな、ふざけんな」と蹴りを何発も入れている。

A子さんは飛び起きると、部屋の電気を点けた。

「A子、怖い!」

その途端、S子さんが、A子さんにとびつき、抱きあうようにして、倒れているみいら男を見やった。

「なにあれ、なにあれ」

「S子、見てたの?」

「見てたよ。あれ、あの鏡の中から出て来たのよ。一体、なんなのよ、あれ」

みいら男は今、ふとんの下にうずくまるように倒れている、声ひとつ出さず、微動だにしない。あたりはしいんと静まりかえっている。

「あれはなに？　人なの？　そうじゃないの？」

「人が、鏡の中から出てきたりしないよ」

「じゃ、なに」

「わかんないよー」

ふたりは抱き合ったまま、しかし、少し冷静になってきた。

蹴りを入れたら、動かなくなった。ということは……。

ちょっと、近づいて様子を見てみようと思った、その瞬間。

「キエーッ」

みいら男は、奇声をいきなり発した。そしてふとんをはねのけ、ダッと駆けだし、廊下に出た。

そして、「キエーッ、キエーッ」と、絶叫しながら廊下を走っては戻り、走っては戻りと、何度も廊下をけたたましく走り回る。

恐怖のあまり、ふたりは耳を塞いでへたりこんでいたが、そのうち、これはおかしい、と思った。

この旅館は、満室のはずだ。

この奇声とばたばたと走る音に、なぜ、誰も起きてこないのか。

いつしかその奇声も走る音も、気配も消えた。

「そういえば、あのみいら男、廊下へ出るとき、そこの戸、開けたっけ。ずっと閉まったままだよね」

閉まったままの戸を、ふたりは見やった。

翌朝、旅館の人に昨夜あったことを話してみた。

すると、すぐに部屋を替えてくれ、「このことは他言しないでください」と、一泊分の料金をまけてくれたという。

タカシの引っ越し

M子さんというOLがいる。

数年前のことだ。

当時二十七歳だった彼女には、一歳年上の彼氏がいた。名前はタカシさん。結婚の約束をしていた。

春になって、タカシさんは職場が変わったので、引っ越しをすることになったという。

「じゃあ、私も手伝うよ」と約束した。そして、当日は、仕事を休んで、朝早くにタカシさんの引っ越し先の街へ電車で向かった。

聞いていた駅で降りて、タカシさんの携帯電話を鳴らす。迎えに来てもらうことになっていた。

ところが出ない。

「あれ？」

もう一度鳴らす。

やはり出ない。

「なにしてんだろ」

それから、何度も携帯電話を鳴らしたが、タカシさんからの応答が、まったくない。

駅から車で五分ほどのマンションだとは聞いていたが、それ以上のことは知らない。初めての街で、彼が迎えに来てくれないと、どこへ行けばいいのかわからない。

何度も何度もメールを送ったり、鳴らしたりしているうちに、

「はい」

女性の声で応答があった。

「あの、これ、タカシさんの携帯ですよね」

「そうです。私、タカシの母です」

「あっ、お母様ですか。私です。M子です。今日、タカシさんの引っ越しを手伝う約束をしていまして、駅で待っているんですけど」

「ああ、来なくていいです」

そう言って切られた。

ええっ、なにそれ？

それからも、何度もタカシさんの携帯電話を鳴らし、メールもした。

しかし、とうとう何の返答もなかった。

仕方がないので、その日はひとり買い物をして、ひとりで食事をして帰った。

(せっかくお休みとって、準備していたのに。なによ、これ。なにかあったのなら、本人が言いなさいよ。お母さんに言わせるなんて、最低だよ)

ひとりムカムカしながら、電気を消して、ふとんに入った。

すると、暗いひとり住まいの部屋に、人の気配を感じた。

部屋の隅に、誰かがいる。

と、それが、わさわさわさっと衣擦れのような音をさせ、一気に近づいてきた。

そして耳元でささやかれた。

「こんなはずじゃなかったのに」

ハッと起きた。鳥肌がたった。

すぐに電気を点けた。

誰もいない。

(今の、なに?)

落ち着こうと、キッチンに行ってお酒を少し飲んで、テレビを点け、一時間ほどすごした。

明日は仕事。もう寝なきゃ。きっと気のせいだと気持ちを落ち着かせ、また電気を消して、ふとんに入った。

誰かいる！

わさわさわさっ、また衣擦れの音が一気に近づいてきて、耳元でささやかれた。

「あなたが死ねばよかった」

悲鳴をあげた。

空耳とか、夢とか、そういうことじゃない。吐息が耳にかかった。

すぐに部屋を出て、近くのコンビニに入り、朝まで帰れなかった。

空が白んだ頃、部屋に戻って身支度をして、職場に向かった。

M子さんの職場は、歯科医院だ。

「おはようございます」

寝不足の頭を抱えて、医院長に挨拶(あいさつ)をした。

すると、

「あっ、M子ちゃん、どうしたの？　キミの後ろに妙なのがいるよ。背の高い女が……。気をつけたほうがいいよ。こんなはずじゃなかったのに、あなたが死ねばよかったって、背後にいる女が言っているよ」

医院長にそう言われて、ゾッとした。

昨夜の女だ。

なんかこれ、タカシと関係あるみたい。

M子さんはそう直感した。そのまま建物の非常階段へ出ると、タカシさんの携帯電話を鳴らした。

すぐにタカシさんが出た。

「ちょっとタカシ。なによ、昨日。私、駅まで行ってずっと待ってたんだから」

「ああ、すまない。謝るよ」

「すまないじゃないよ。それになに、お母さんにあんなこと言わせて」

「だから、謝るよ。実は、ちょっとあれにはワケがあって」

「なによ、ワケって」

「それが……、電話じゃちょっと話せないんだ。明日か明後日、こっちから電話する。食事でもしながら話すよ。きっと電話するから。きっとだよ」

そう言って、電話は一方的に切れた。

翌日、タカシさんから連絡があり、食事に誘われた。

こんな話を聞かされた。

「実は俺、以前婚約者がいたんだ」

「なによそれ！」

「まあ、聞いてくれ」とタカシは言う。

タカシさんは、その女性とはちゃんと別れ話をして、納得してもらった上で、M子さんとおつきあいをしていた。

「だけど、どうもそうじゃなかったみたいだ……」

あの当日、来なくていいと言っていたのに、タカシさんのお母さんが手伝いをしたいと、引っ越し先のマンションについてきた。管理人に鍵をもらって、最初にマンションのドアを開け、中に入ったのはお母さんだった。

入った途端、お母さんが悲鳴をあげた。

リビングとダイニングの間を仕切る鴨居にロープをひっかけ、その女性が、首を吊っていた。

管理人が不思議がった。

「鍵は、うちが管理しています。誰も中に入れません。どうやって入ったのでしょう？」

いや、その前に、彼女には引っ越しのことは何も言っていない。この場所も知らないはずだ。

警察を呼んだ。引っ越しどころではなくなった。

そんな折、M子さんから電話がかかってきて、お母さんが出た、ということだった。

タカシさんは言う。

「でな。ぶらさがっている彼女の足元に、大学ノートが四、五冊置いてあったんだ。そのノートの表紙には『タカシと私のすべての日記』とあった。読んでみると、今日、タカシとこんなことをした。タカシからこんなものをもらった。こんなことを言ってくれた。そういうことが、日付と一緒にビッシリと書いてある。なんだこれはって、ゾッとしたよ。そしたら、最後のノートの最後のページに、こう書いてあったんだ」

タカシは、他の女と結婚しようとしているけど、ほんとはそうはならないの。
タカシは、わたしと結婚するの。
わたしは今から、首を吊るの。
でも、最後には、タカシがやってきて、助けてくれるの。
そうして、タカシとわたしは、一緒になるの。
きっと、そうなる。
タカシは絶対、わたしのもの。

「それが絶筆。そのまま彼女は首を吊った。もちろん俺はそんなこと知らないから、助けることもできなくって、そのまま彼女は死んじゃったんだな……」
そうか、とM子さんは理解した。

「その女の人、あの日の夜、うちへ来たよ。夜中、寝ている私のところへ来て、『こんなはずじゃなかったのに』『あなたが死ねばよかった』って、言われたよ」

でも妙だ。同時にM子さんは思った。

「でもその人、私のこと、知らないはずだよ。どうしてうちに？」

「それが、ノートを読んでいてわかったんだけど、お前のことも知っていたようで、ちょいちょい、お前のマンションにも行ってたようなんだ……」

あっ、と思い当たることがあった。

たまに、仕事から帰ると、部屋に人がいた気配があるときがあったのだ。なにがなくなったとか、動いたということでもない。しかし、気配ははっきりわかった。気のせいだと思っていたけど、そういうことだったのね。

あの時、医院長が見たという背の高い女とは、首を吊ってのびた首をもった女のことだったのではないかと思える。

ゾッとした。

M子さんは、その後、タカシさんとの婚約を解消し、おつきあいもやめたという。

それから、しばらくたって、タカシさんを知る友人から、こんなことを聞かされた。

「ねえねえ、M子が前つきあってたタカシくん。亡くなったんだって」

「えっ！」

はじめて知った。あれからまったく連絡もとっていない。

「なんで亡くなったの？」

「首吊り自殺だって。やっぱり知らなかったんだ」

それが、例の女性が首を吊ったマンションの部屋だった。リビングとダイニングを仕切る鴨居にロープをぶら下げ、その中に首を入れて……。奇妙なことに、あれから引っ越しは解約され、鍵も管理人に返されたはずなのに、鍵はかかったままの状態で、タカシさんは、部屋の中に入って首を吊ったのだ。

「それ、いつ？」

聞くと、元婚約者が首を吊ってからちょうど四十九日目の朝だった。

怖い、怖い

医者になりたてのYさんが、ある大学病院の小児科に入って、間もない頃のこと。

四月のある日曜日の午後二時頃、お婆さんに連れられた三歳の男の子が来院した。入院患者だ。

通常ならば、この病院が日曜日に入院患者を受け入れることはないそうだが、ある開業医からの紹介なので、今回に限り、特別な手続きをするのだという。

Yさんが担当することとなった。

開業医の診断によると、一週間以上熱がまったく下がらず、その原因も不明だという。

この子が、ずっと泣いているのだ。「怖い、怖い、怖い、怖い」とずっと言い続けて、わんわんと大声で泣く。その泣き方が、めいっぱいという感じで、ともかく「怖い」ことを、周りの大人たちに主張している、という印象を受けた。

診察中もずっと泣いていて、その声が病院内にわんわんと響いている。

熱の原因もわからない。

「とりあえず、入院していただいて、点滴を打ちましょう」と、病室に案内した。

Yさんは、ナースステーションで、その子供のカルテを書いていたが、かなり離れた病室から、ずっと泣き声が聞こえている。

「怖い、怖い、怖い、怖い、帰りたい、帰りたい、帰りたい……」

「泣き止まないな、あの子。ちょっと様子を見に行ってくれませんか」

Yさんは、看護師に様子を見に行かせるが、響いてくる泣き声は、まったく止まらない。

戻って来た看護師は「いろいろ話しかけたり、あやしたりなだめたりするんですけど、全然泣き止みません」と、ほとほと困った顔をしている。

「付き添いのお婆さんは？」

「どうしたらいいのか、おろおろなさっています」

「何を怖がっているんです？」

「さあ……」

その間も、あの子の泣き声はずっと続いている。

夕方、四時半になって、日勤と準夜勤の看護師が交替した。

ナースステーションで、その申し送りを看護師同士で行う。

「今日、入って来た○棟○号室の男の子は三歳で、Sちゃんと言います。原因不明の発熱で入院しましたが、あのように、ずっと泣き続けています……」

そして、交替した看護師が各病室の患者たちを、検温したり、血圧を測ったりしながら、一回りする。そしてナースステーションに戻る。

「あの子、ずっと泣いてて、全然泣き止まないわね」

それはYさんにも、ずっと聞こえている。今も聞こえている。

「怖い、怖い、怖い、怖い。帰りたい、帰りたい、帰りたい」

看護師たちが話している。

「それでね、何が怖いの？　って聞いたら、お化けがいる、お化けがいるって」

「お化け？」

「そう。だから、そんなのいないよ、いないよ、と言うんだけど、空中のある一点を指差して、あそこにいる、あの真っ暗な所に、怖いお化けがいるって、聞かないのよ」

「そこ、なにかいるの？」

「いないですよ。でも、ほんとに怖がっているみたいで……」

Yさんもその話の輪に入った。

「あの子がここに来たのは二時頃だったんですけど、その時からずっと泣きっぱなしなんですよ。今、もう五時でしょ。三時間、ずっと泣き続けていますが、よくそんなに体力があるもんだなあと。ほら、まだ泣き止まない」

と、その瞬間、大きな泣き声が「ギャー！」というものすごい叫び声に変わった。

「なんだ……」

一瞬、ナースステーションが凍りついた。

声が止んだ。一気に来た静寂が、逆に不安をかきたてる。

「ちょっと見てくる」

Yさんは子供のいる病室へと走った。すると、付き添いのお婆さんが病室から出てきたのと、鉢合わせした。

「うちの子が、息をしてません」

急いで病室に入り、子供を診ると、全身汗びっしょり、その目はカッと見開いて、口はあんぐりと開けたまま。それはまるで、恐ろしいものを見た瞬間の表情を切り取って、写真にしたようだった、とYさんは言う。

ペンライトで目に光を入れるが、反応がない。体は火のように熱い。

心臓マッサージをしているうちに、他の医者たちも駆け込んできて、いろいろ手を尽くしたが、その子は二度と、息をすることはなかった。

「本当に子供って怖いですねえ。あれだけ泣き叫んでいた子が、突然死ぬなんて。あんなこと、あるんですねえ」と、後日、Yさんはベテラン医師に聞いてみた。
「いや、私も初めてだ。あんなこと、あるわけがない」と、強い口調で言われた。

やめとかんね

A子さんは、東京の商社に勤めるOLである。

ある春先、宮崎県の山奥にある古びた旅館に、かばんひとつ持ち、独りで訪れた。

大正時代に創業したという老舗(しにせ)旅館で、遠方からの客も多く訪れるという。A子さんは事前にさまざまな情報を集めた上で、ここに来ることを決めたのである。

A子さんは、和室の部屋に通された。

食事と温泉を堪能(たんのう)し、持ち込んだワインをグラスに注ぐと、ゆっくり味わった。そして、電気を消して、床に就いた。

「やめとかんね。やめとかんね」

そんな声が聞こえて、目が覚めた。

隣の部屋の客？

そうではない。

「やめとかんね。やめとかんね」

明らかにこの声の主は、この暗闇の部屋の中にいて、自分に対してそう言っている。

枕元の電気を点けると、「誰？」と声に出した。

「やめとかんね。やめとかんね」

しわがれた女の声だ。だが、この部屋には誰もいない。声の出どころもわからない。

「もう、ほっといて！」

A子さんはそう叫ぶと、残りのワインを飲みほし、酔いにまかせて寝てしまったのである。

翌日、A子さんはどこへも行かず、部屋に籠って書き物をした。夕方になって、それも片づいた。

「さて……行くか」

A子さんは、小さなハンドバッグを手に持つと、旅館の玄関に出た。そして靴を探していると、「お客さん、どこに行きなさると」と、旅館のご主人が声をかけてきた。

四十代半ばの優しそうな男性だ。

「ちょっと散歩にでもと思いまして」

「そうですか。なら、あんまり森のほうへは行かんでください。あそこは、地元の者でも道に迷ったりすることがありますので」

「はあ、ありがとうございます。気をつけます」

「どうか、お気をつけて」

ご主人の声を背に、A子さんは旅館を出た。そして、意を決して、森へと向かった。日も暮れだし、春寒の風が冷たく、森の中は霧が立ち込めている。

いよいよここからは、死の世界。ここに入ると、あのご主人が言ったとおり、もう戻っては来られない。

だから、私はここに来たんだ。

森に、足を踏み入れた。

「やめとかんね。やめとかんね」

あの声だ。

「やめとかんね。やめとかんね」

声がまるで、耳にまとわりつくようだ。

「誰？　私のことはほっといて」

両手で耳を押さえながら、森の奥へと入って行く。

いきなり、老婆が両手を広げて立ちはだかった。

白い着物、白い帯。その眼差(まなざ)しは、優しい。

「はよ、旅館に帰らんね」

老婆はそう言った。

「あなたね、昨夜、私の部屋でそう言ってたのは」

「やめとかんね。はよ、旅館に帰らんね」

「私がどこへ行こうと、お婆さんに関係ないじゃない。いいから行かせてよ」

「いかん。やめとかんね」

「ほっといて」

A子さんは、老婆を無視するかのように、さくさくと先に進む。だが、老婆はその後をついてきて、優しく語りかける。

「お嬢さん、私の言うことをよくお聞き。私はね、自殺をしたという人を、何人も何人も知っとると。でもね、死んでよかったと思うとるものは、ひとりもおらん。それどころか、あのとき、もっと生きて、もう少し頑張ればよかった、なぜそれができんかったと、後悔しとる者ばっかりでな。死んだ者が、あの世のことを言ってはならんとされているけれど、こればっかりは言わんとおれん。お嬢さんはまだ若い。な、悪いことは言わんで。はよ、旅館に帰らんね」

誰に、何を言われようが、A子さんは聞く耳を持つつもりはない。決心は固い。

ハンドバッグから睡眠薬の入った瓶を取り出すと、ふたを開け、そのまま口の中に薬を流し込んだ。

「やめとかんね。やめとかんね」

なおも老婆の声は止まない。
やがて……、海の音が聞こえてきた。
急に、目の前から森が消えた。
すっかり闇となった空に、月があり、うっすらと目の前の光景を映しだす。
断崖絶壁の上。眼下には、漆黒の海が迫っていて、波しぶきを岩にぶつけている。
森の中で、手首を切って死ぬつもりだったが、これもひとつの道か。
そのままA子さんは、断崖から海へと身を躍らせた。
ザァーン！
海水の中で、だんだん意識が遠のく。
息ができない。苦しい、苦しい、苦しい！
息ができないということは、こんなに苦しいことなのか。このまま死ぬのか。
いや、死にたくない！
一瞬、そんな思いが頭をよぎった。
その瞬間、A子さんの手を摑むものがあった。必死になってその手を握った。
しわのある手。
あのお婆さんの手だ。
気がつくと、浜辺に倒れている自分がいた。あのお婆さんが、心配そうに顔を覗き込んでいた。

「ほら。わかったと。死ぬことは苦しいことや。無理して死ぬことはない。お嬢さんはまだ若い。死んだらいかんとに」

そんなお婆さんの声を耳にしながら、気を失った……。

はっ、と気がついた。

闇の浜に、ひとり。

海の中で死ぬのは苦しい。それは理解した。でも、死にたいという気持ちが萎えたわけではない。よろよろと立ち上がると、また森に向かった。

大きな木を見つけた。

その木の下に座り込んで、残っていた睡眠薬を全部飲み干した。

そして、手首を切った。

また、意識が遠のいた。

気がついた。

朝だ。朝？

生きてるの？

「お客さん、気がつきなさったとか」

旅館のご主人がいる。

えっ、ということは、ここは旅館？　自分の……部屋？

「なんちゅうことをしなさったとね。でもまあ、ご無事でよかった。お客さん、うちの玄関の前に倒れてましてね、ちょうど私が、朝の掃除に玄関に出たところでした。お医者さんに診てもらったら、命に別状はないと。ほんと、よかったとです。警察は呼んでいませんので、ご安心ください。ですから、うちの者以外は、誰もこのことは知りません。でもね、お客さん。もう二度と、こんなバカなことはやらないと、私たちに誓っていただけますか」

そんなご主人の声を聞きながら、あたりを見回した。

ふとんの中に寝ている自分を、正座をして、心配そうに見ている従業員たちがいる。仲居さんも、料理長もいる。泣いている人もいる。

「私……海に飛び込んだんです。それから……」

「海？　お客さん。ここは山ですよ。海なんてありませんよ。ショックを受けられたんですねえ」

考えてみればそうだ。このあたりに海なんてない。とすると、あれは？

ぼうっとする頭の中が、なんだかこんがらがってきた。

手首を見てみた。左の手に包帯が巻かれていた。

手首を切ったのは、本当だったんだ……。

するとご主人が、にっこり笑ってこう言った。

「お客さん。うちの旅館には先代からの習わしというのがありましてね。というのも、こういう場所にある旅館です。お客さんのようにバカなことを試みる方が、たまにおられるんです。そんなお方には、二日間、無料で泊まっていただくことになっているんです。その間に、いろいろお考えいただきたいと思いまして。どうです？　お世話はうちの者がさせていただきますので」

そうご主人が言うと、従業員全員が、その場で頭を下げた。

A子さんは、肉体的な疲労もあって、死のうという気持ちはもう失せていた。ただ、自殺願望が完全に消えたわけではなかった。

言葉に甘えて、一泊した。

その翌朝、このまま世話になったのでは申し訳ない、という気持ちと、恥ずかしいところを見られたという気持ちもあり、東京に帰る決心をした。そして、荷造りをはじめた。

そこに、ご主人が入って来た。

「お客さん。部屋を替えませんか」

「あっ、私、お世話になりっぱなしで。もう帰ることにしたんです」

「そうおっしゃらずに、後一日……。そうですか。では、せめて、ちょっと私におつきあい願えませんでしょうか。ぜひ、お見せしたいものがあるんです。せめてそれをご覧になってくださいな。こちらです。さあ」

部屋を出て、別の部屋に案内された。

さっきよりやや小ぶりの和室だった。カーテンが閉まっていて、座卓の上にはお茶と茶菓子が用意してあった。

座ってお茶を手に取った。お茶に、桜の花びらが一枚。

「桜茶です」

ご主人はそう言うと、ぽんぽんと、手を叩いた。すると、仲居さんがふたり、部屋に入って来て、カーテンの両端に分かれて座った。

「今日実は、こういうものをお見せしたいと思いまして」

ご主人が、ふたりの仲居さんに目配せをした。

サッとカーテンが開かれた。

「あっ」

息を呑んだ。

まぶしいほどの、満開の桜。

よく見ると、旅館の庭に桜の大木が二本。見事にこれが咲き誇っているのだ。

「昨日、咲いたんですよ。お客さんが昨日の朝、亡くなられていたら、これはお見せできませんでした。どうです。生きているから、こんなに綺麗なものが見られるんですよ」

ご主人の言うとおりだ。

お茶を飲み、美しい桜を見る。その先には、抜けるような青空がある。

すると、こんな気持ちが湧いてきた。

(私は今まで一体、なにをやっていたんだろう。死んでしまったら、こんな綺麗なものが見られないじゃないの。生きててよかったんだ。生きるって、素晴らしいことじゃないの!)

すると、二本の桜の木の間に、真っ白い、まばゆいほどの光が射した。その光の中に、あのお婆さんの姿がある。きらびやかな和服姿で、その笑顔も輝いている。

「お婆さん……」

涙が出た。

するとお婆さんは、何も言わず、うんうん、と何度かうなずいた。

「お嬢さんの気持ち、わかっているよ。それでええんよ。よかったね。よかったね。嬉しいよ」

そう言っているのがわかる。

「お婆さん」

思わず声をかけようとすると、もう、光は消えていた。

もう自殺なんて考えない。人生、やりなおそう。

そんな気持ちになった。


翌日の朝、A子さんはタクシーを呼んでもらって、玄関で、ご主人や従業員の人たちと別れの挨拶(あいさつ)をした。

「みなさん、本当に、ありがとうございました。そして、お世話になりました。私、東京へ戻って、人生をやり直します」

「ああ、よかったです。また、遊びに来てください」

ペコリと、頭を下げたご主人の背後に、一枚の写真が飾ってある。

五十代の温和そうな笑顔を浮かべた女性の顔。どうやら遺影のようだが、気になった。

「あのう、あの写真のお方は？」

「ああ、あれはうちの母ちゃんですよ。三年前に亡くなりましてね」

「お若いようですけど」

「あの写真は、随分前のものでして。亡くなったのは七十八歳でした。あの、お客さん。こんなこと言うのはおかしいんですけど。親バカ、という言葉がありますが、私の場合は、子バカ、とでも言うんですか。ちょっと、うちの母ちゃんの話、聞いていただけますか。タクシーが来るのには、ちょっと時間もありますし。さっ、中へお入りになって」

奥の応接間に通された。そして、こんな話を聞かされた。

「うちの母ちゃんが亡くなったとき、馴染のお客さんが大勢いらしてくださいましてね。あっ、母ちゃんは、先代のうちの女将だったんです。皆さんに慕われた、ほんとに幸せな人生を送った、そう思います。

こんなことがあったそうです。戦前の話なんですけどね。

あるお客さんが、うちに泊まりに来られましてね。七歳と五歳の女の子、ふたりの子供連れだった。そのふたりの女の子が森の中に入ったきり、戻ってこなかったんです。そのうち、空が暗くなってきたかと思うと、雨が降ってきた。やがて、豪雨となったんです。

裏の川もみるみる増水してきました。お子さんのご両親は、もう我が子のことが心配で心配でたまらない。そりゃあそうですよね、近所から、いろいろ人も集まって来て、山狩りの準備となったのですが、なにせすごい雨。止むのを待つしかないわけです。

そしたら、このとき、十九歳だったうちの母ちゃんが、何も言わずに台所へ行くと、握り飯を十ほど作って、それを竹の皮に包んだ。そして、合羽を身にまとうや、ダッと森の中へ走って行って、そのまま見えなくなったんです。誰も止められなかった、いや、止める間もなかったそうです。

その翌朝のことです。母ちゃんが、旅館の裏口に姿を見せた。それが、ひとりの女の子を背中に背負って、もうひとりの女の子を右手に抱えて……。

ちょうどそのとき、新聞社の方が取材に来られましてね。その姿を写真に撮られて新聞に載ったとですよ。それ、とってあります。お客さん、まあ見てやってください」

古い『宮崎時報』。その写真には、凜としてカメラを見ている十九歳の少女の姿があった。

間違いない。

「やめとかんね」、そう言って声をかけ、救ってくれたあのお婆さんだ。

十九歳の少女の写真を見ていると、死のうとした自分が、罰当たりのような気がしてきた。

「お婆さん、私、生きます。やり直します」

写真に向かって合掌し、心からそう誓った。

タクシーの中で、A子さんなりに起こったことを解釈した。

幽霊だの、あの世があるだの、そういうことはわからない。でも「やめとかんね」と声をかけてくれ、森へ入ったつもりが海を見て、しかもその海に飛びこませ、死ぬことの苦しさを教えてくれた。

山奥の木の下で睡眠薬を飲んだつもりが、旅館の玄関先に倒れていた。しかもそれは、ご主人が掃除に出る時間だった。

そして、満開の桜、抜けるような青空。

光の中に現われたあの姿。

すべてはあの、お婆さんが誘導してくれ、見せたものだ。そんな風に思えてならない。

あのお婆さんがいなければ、私は今、この世にいない。

そして、不思議なことに、切ったはずの左手首に、その傷跡がないのだ。

「そろそろ、桜の季節です。来られませんか」

宮崎の旅館のご主人から、そんな誘いの連絡をもらった。

それで翌年も、独りで行った。

二年目は、新しくできた彼氏と行った。

三年目は、その彼氏は婚約者となっていた。

五年目、六年目には、長男、長女ができた。

そうやって、増えていく家族と一緒に、桜茶を飲みながら、満開の桜を見る。

そんなとき、ふと、思い出す言葉があるという。

あの、お婆さんが残した言葉である。

「死んだ者が、あの世のことを言ってはならんとされているけれど、これぱっかりは言わんとおれん……」

綺麗な梅林

Aさんは、某放送局のディレクターとして、テレビの番組作りをしている。

千葉県の実家の裏には、小高い山があるそうだ。

夜になると気味が悪いと言って、地元の人たちはあまり近寄りたがらないらしい。

実際、土饅頭(どまんじゅう)のような古い墓場があちこちに残っていて、古墳や塚もあり、歴史的な因縁話や奇妙な話も伝わっている。

祖父は、裏山で首吊(くびつ)り死体を何度も発見したと言っており、祖母からは「あそこは死の臭いのする山だから、入ってはいけないよ」と言われていたそうだ。Aさん自身も、子供のころから、なんだか怖いという認識はあった。


Aさんはその後、大学を卒業して今の放送局に入社した。しばらくして、四国の支局に赴任した。

ある朝、出社の支度をしながら、ニュース番組を観ていた。

「梅の花が、ほんとうに綺麗(きれい)ですよね」という、レポーターの声が聞こえた。

見ると、千葉の裏山が紹介されている。

着飾って、お化粧も濃い近所のおばちゃんが、インタビューを受けている。

あの裏山が最近開発されて、観光地化されているようで、梅林になっていた。

実家に電話をしてみた。

「テレビ、観たよ。あの山、今は立派な観光地になったらしいじゃん。あんな梅林もできて。まあ、よかったよ」

すると電話の向こうの母は、「それがねえ、あんまりいい話じゃないみたいだよ。なんだか取材に来ていたテレビ局の人にもいろいろあったみたいでね。お前の局の系列だろ。調べてごらん。いろいろ出ると思うよ」と言う。

気になって調べてみた。

すると、東京の本局のディレクター、Mさんが担当だとわかった。聞いてみると、こんな話が出たという。

梅林ができたというその山を紹介する企画がもち上がって、Mさんは、カメラマンやアシスタントたち、総勢四人でロケハンに行った。

その帰りのことだ。

ロケ車とトラックが衝突し、四人とも病院に搬送されたのだ。

Mさんとスタッフのひとりは軽傷で、とりあえず検査に異常がなければ数日で退院できる。ところがあとのふたりは重傷で、長期間の入院を余儀なくされた。

「大丈夫か?」と、番組の担当プロデューサーが見舞いに来てくれた。

「多分、二、三日で、僕は復帰できると思いますけど」

その矢先、プロデューサーの携帯電話が鳴った。

電話に出たプロデューサーは、「家が大変だ」と、たちまち顔色を変えて、急いで帰って行った。

彼の実家が、今、燃えている、という奥さんからの電話だった。

結局、全焼した。

家は誰もおらず、出火の原因がわからない、と言われた。

(これは、何かあるな)と、この時点でMさんは思ったらしい。


三日後、Mさんは退院した。裏山の取材は、そのままMさんが続けることになった。

再び撮影隊のクルーを編成しなおして、ロケハンに行った。

その帰り道、またしても同じ場所で、ロケ車とトラックが衝突。

全員が病院へ搬送され、やはり重傷者がふたりだった。

Mさんはまたもや軽傷で済んだが、これは何かあるにちがいないと、上層部に報告し、お祓いをしてもらえないかと嘆願書を出した。

だが、受け入れられなかった。

ともかく、もう決まったことだからと、また別編成のクルーが、Mさんに預けられた。

今度はロケハンをする間もなく、いきなりの生中継だ。

クルーはみんな怖がって、自分たちでお金を出し合って、本番前に拝み屋に来てもらうことになっていた。ところが拝み屋は、山に一歩足を踏み入れると、くるりと踵を返して、「すみません。帰っていいですか」と言う。

「いやいや、これから本番です。困ります。お金も払いましたし、なんとかお願いします」と頼み込み、なんとか祈禱してもらった。

「私にはよくわかりませんが、なにか凄いものがこの山を漂っています。怨念と言うか、執念のようなものが。いろいろこの山で事故があったり、人が死んだりしているようですが、原因はそれでしょう。私のできる限りのことはやりました。今後、三年間は、何事も起こりません。ですから、今日の放送は無事終わるでしょう。しかし、四年目以降の保証はできません。いや、今までより、ひどくなるかもしれません。もう、ここに私をよばないでください」

拝み屋は、そう言って帰って行った。

Aさんは言う。

「今、その山ではバイパス道路を通すための工事が始まっていて、古い墓も掘り返されたりしているんですよ。この春で、三年目が終わるんです。今度帰ったら、いろいろ調べておきます」

送り先

東京に就職したKさんは、会社がつぶれて、また関西に戻ることになった。

金はない。

でも、面白いことはしたい。遊びたい。

そこで地元の友人たち、四、五人を集めて、よくキャンプをした。

テントを張って、飯ごうすいさんというような本格的なものはめんどくさいけど、冷蔵庫やエアコンのついているコテージなら、楽だし、安く遊べるし、酒も飲める。

何回かそうやって遊んでいるうちに、「もっと大勢おったら、もっと楽しいやろな」と友達のひとりが言った。

「どお？　それぞれが友達に声をかける。その友達に、仕事仲間や恋人を連れて来てもらう。そうやって、メンバーを増やしてはどうだろう？」

「それ、やってみよう」

それからは、Kさんの遊びグループは、どんどん人数を増やしていった。

ゴールデンウィークは、明石(あかし)の浜でバーベキューを楽しんだ。

集まったメンバーは二十人ほど。

この中に、Iくんという友人がいて、ガールフレンドを連れて来ていた。

彼女の本名は知らないが、みんなは、アーちゃん、と呼んでいた。

そして、このふたりの友人で、ヒメちゃん、と呼ばれる女性も来ていた。

ヒメちゃんは、身長百七十センチ。モデル並みのプロポーションで顔も美人。性格はさばさばしたヤンキーで、男たちにえらく人気がある。

この日は泊まりではなく、バーベキューが終わると、みんな帰り支度をはじめた。

Iくんは車がなく、アーちゃんに乗せてもらって来ていた。だが、アーちゃんは、「Iくん、ごめん」と、謝っている。

「ほんまは一緒に帰りたいねんけど、うちの車、車検に出てて、今日乗ってきたん、お父さんの車やねん。これから、すぐに返しに行く約束しててんねん。そやから、ちょっと送って帰るのん、無理。誰かに乗せて帰ってもろてな」

そう言うと、アーちゃんは、ひとり車に乗って帰って行った。

「Iくん、家どこ？」

ヒメちゃんが声をかけた。

「姫路(ひめじ)や」

「姫路か。私の帰りも方向は一緒やわ。じゃあ、私が送って行くわ」

「ほんまか、ありがとう」

Ｉくんは、ヒメちゃんの車で、姫路へ送ってもらった。

Ｋさんはそれを見ていたが、この時点ではただ、それだけの話であった。

ところが後日、Ｋさんは、ヒメちゃんから「この前、明石でバーベキューしたあと、Ｉくんを姫路まで送って行ったやん。あのとき、ちょっと奇妙なこと、あったんよ」と聞かされた。

明石から、姫路へ行く道は二本ある。

まずは明姫幹線。その北に、並行するように国道二号線が通っている。

「私、道、知らんから、間違ったら言うてな」

後部座席に乗っているＩくんにそう声をかけて、ヒメちゃんは、明姫幹線に入った。

赤信号で、停車した。フロントガラスからは、幹線に沿って電柱が並んでいるのが見えているが、車にいちばん近い電柱の裏から、ひょっこりと、若い女が身体を半分だけ出して、こっちを見ている。

（なに、あの女。なんでこっち見てんのよ）

青信号に変わる。車を走らせる。またいくつか先の交差点で、赤信号につかまった。

いちばん近い電柱の裏に女がいて、半身だけ出して、こっちをじっと見ている。

(さっきの女だ)

あれは、この世のものではない。ヒメちゃんは、そういうことに敏感である。

(事故で死んだ子かしら?)

女は、ただこっちを見ているだけで、近寄ってくるでもない。

青信号になる。車を走らせる。赤信号で停まるたびに、電柱から女が半身を出して、こっちを見ているのだ。これが繰り返し起こる。

(これ、いるんじゃない。ついて来てるんだ!)

道を変えよう、と、北に上がって国道二号線に入った。

やはり信号待ちになると、近くの電柱に女はいて、こっちをじっと見ている。それがずっと、繰り返される。

さすがに、怖くなった。

とりあえず、気持ち悪い、と思ったら道を変えるということにした。Iくんは、だまったままなので、間違った道に入ったら指摘してくれるだろうと思っていたこともある。

しばらく走った。あの女がいる。

左折した。しばらく走ると、あの女がいる。

曲がった。またあの女がいる。

曲がった。

そのうち、この先に行ったらマズい、という感覚が全身を走った。同時に総毛立った。

減速して、曲がれる道を探した。するとIくんが、

「ここ、左」と言った。

細い砂利道の路地があった。そのすぐ先にIくんの家があった。

「道知らん、言うてるわりに最短距離知ってたな。ほな、ありがとう」

Iくんはそう言って、車から降りるとそのまま家に帰って行った。

その後、ヒメちゃんの自宅へ帰る道中には、まったく女は現われなかった、という。

「なんやろね、これ」

ヒメちゃんが言う。

待てよ、とKさんは思った。

「ヒメちゃん、その女、どんな恰好してた？」

「そやねえ、Tシャツ、Gパン、ソバージュヘアで……」

「それ、アーちゃんや」

「あっ、ほんまや。そうか、Iくんと私のこと、心配してたんやね」

海の中道

私はタクシーに乗ると、運転手さんに「怪談ないですか？」と必ず聞く。だいたいは不発であるが、たまに「そういえばね」と、話してくれる方もいる。

これは、五十歳くらいの運転手さんが聞かせてくれた話である。


彼の高校生の頃の話だそうだ。彼は九州出身で、当時は春になると、「海の中道」を深夜に歩いて渡るという学校行事があったそうだ。

海の中道とは、九州本土とS島をつなぐ砂州だ。

夜の十時に学校に生徒たちが集まり、島へと渡るのだが、その年の行事は雨のため中止になった。

「楽しみにしていたのに」と、未練がある生徒が、六、七人ほど学校に集まった。彼もその中のひとりだった。

すると、雨が止み、月が出てきた。

「俺らだけで、行ってみるか」

行く道々で他の友だちにも声をかけて、十人ほどで出発した。

今は、その道も綺麗になったそうだが、当時は砂利道だった。真っ暗な海と、雲間から見える星空を見ながら、砂州をじゃりじゃり歩く。

ギターを持ってきた者がいて、彼がギターをかき鳴らし、それに合わせて、みんなも歌った。最高に盛り上がった。

と、後ろから「車が来たぞ」という叫び声がして、みんな道の端によけた。

ところが、車が来ない。

ヘッドライトの明かりもない。

途端に最後尾にいた生徒が、「うわあー」と、叫びながら走りだした。つられて、みんなも走った。

しばらく走って、「どうした」「なんで走ったんや」と、息を切らせながら、皆が口々に言った。すると、いきなり走りだした最後尾の生徒が言った。

「車が来たぞ、と俺、言ったよな」

「うん、だから、道の端にみんなよけた」

「砂利を踏みしめるタイヤの音が聞こえてきたからだ」

「それ、俺らも聞いた」

「音が近づいてきて、ライトの光が俺の横を照らしたんだ。もう真後ろに車がいる。

だから、車が来たぞ、と俺、叫んだんだ。で、道の端によったら車が来ない。というより、振り返ったら、車がない。真っ暗。で、思わず逃げたんや」

その車の音もライトの光も、十人とも聞き、見ていたのである。

しかし、車を見たものは、ひとりもいなかったのだ。

怪談はダメ

Kさんが高校二年のとき、春の林間学校で地元の高原に行った。

夕食と入浴も済ませ、みんなは各部屋で自由時間を楽しんだ。

Kさんの部屋では「怖い話をしようぜ」と、誰かが言いだした。怪談会をはじめると、他の部屋からも怪談好きの友人たちが集まって来た。

「なら、本格的にしよう」と、電気を消し、ランタンを真ん中に輪になって座り、闇の中の怪談会となった。話がどんどん盛り上がって、時間が過ぎるのを忘れていた。

「お前ら、こんな時間までなにしてる！」

いきなり部屋のドアが開き、M先生が怒鳴りこんできた。中年の体育の先生だ。

「怪談会をやっていました。消灯時間まで、少しあるじゃないですか。そうだ、先生も怖い話をしてくださいよ」

Kさんがそう言うと、先生は急にさっきの勢いをなくして、「いや、俺はええわ。消灯には部屋に戻れよ」と、部屋を出ようとする。

「なにかあるでしょう」

「いや、いいって」

先生、なにか隠している、みんなそう思った。

「先生、話してくださいよ」と、座ぶとんを勧めた。

するすると、先生はそこに座って「ほんとは、こういう話、ダメなんだ」と青ざめている。

なんでも、怖い話をすると、その夜、必ず寝床で体が動かなくなる、という。

「それって金縛りですか？」と質問が飛んだ。

「そんなものじゃない」と先生は言う。

目を覚ますと、仰向けに寝ている体の上に、墓石が載っていて、その重みで体が動かないのだという。

「こう、墓石を抱えたまま、朝までぶるぶる震えて、耐えるしかないんだ」と先生は言う。

「誰の墓なんですか？」

「それはわからないよ。抱いてるんだから。名前なんか読めない。こうだよ、こう」と、先生は、墓石を抱いたポーズをとった。

翌朝、M先生は発熱したらしく、先に帰ったと聞かされた。

横断する人たち

Sさんが小学六年の息子さんと、ビデオでアクション映画を見ていた。

「お父さん、銃撃ちに行きたい」と息子さんが言いだした。

実は、Sさんはモデルガンのコレクターだ。

「よし、ちょっと遠出をしよう」と、準備をした。

以前、近所で息子とエアガンの撃ち合いをしていたら、クレームがきたことがあったのだ。

BB弾用のピストル、ガス銃、電動ガンにバッテリーなどを車に詰め込み、息子とふたりで郊外の山へと向かった。

心当たりの場所が、Sさんにはあった。

くねくねとした山道を登ると、下り坂に出た。

スピードは八十キロは出ていた。

トンネルを抜けると、道の端の草むらに、パイプ椅子に座った作業着姿の男がいた。

(しまった。ネズミ捕りだ！)と、瞬時に思った。

そういえば今は、春の交通安全週間の時期だった。

思わずブレーキを踏んだ。

その先がカーブになっている。

(あそこ曲がったら捕まるな。子供おるし、逃げるわけにもいかんし)

覚悟を決めて、その先のカーブをスピードを落としたまま曲がった。

すると、すぐに道を横断している大勢の人が目に飛び込んできた。

そのまま、車を停車させた。

ホッと胸をなでおろした。

おそらくあのままのスピードで曲がったら、とても間に合わなかった。

そのまま、前を横断している人たちを見る。ぞろぞろと、四、五十人はいるだろうか。その列がなかなか終わらない。すると、後部座席に座っている息子が、

「お父さん、なにしてんの?」と言ってきた。

「なにて、人が渡ってるから」と、振り向いて息子にそう言って、また正面を見た。

誰もいない。

「今、あそこ渡ってた人ら、どこ行った?」

「お父さん。しっかりしてよ。誰もいないよ」

「いや、確かに……」

車を降りて、あたりを見た。

道の両側は、大きな霊園だった。また、横断歩道もない。

霊園から霊園へ、亡者たちが移動していた？

Sさんは「しめた」と思った。というのは、車にはドライブレコーダーが仕掛けてある。きっと、あの行列が映っているはずだと、思ったのである。

（心霊番組にでも、売れるかなあ）

その後、目的の山に入って、銃を撃って楽しんだ。

夜、帰宅後、ドライブレコーダーからSDカードを抜き、パソコンで再生してみた。

誰もいない道で、車が急停車する。

しばらくして「お父さん、なにしてんの？」という息子の声が入っていた。

後ろにいるモノ

北陸の山の中に、ちょっと特別な宿泊施設があった。

劇団や、ミュージシャンなどがよく利用する施設で、芝居の稽古部屋や録音スタジオが完備されていたのだそうだ。

今はプロのミュージシャンであるYさんが、駆け出しの頃の話である。

なかなか予約が取れず、ゴールデンウィーク明けの平日を狙ったら、ようやく予約を取ることができた。

当日、仲間四人で、スタジオでレコーディングをして、デモテープを作った。夕食後に、カードゲームをしようということになった。

「よし、負けたヤツ、罰ゲームな」

仲間のひとりが言った。

「罰ゲームって、なにをするの？」

「そうだな、ここに来るとき、川があったよな。ひとりであの川へ行って、コップに水をくんでくる、というのはどお？」

覚えている。なんだか気持ちの悪い場所だった。でももう、日も暮れている。あたりは民家もなく、おそらくあそこは漆黒の闇になっているはずだ。

「おっ、肝だめし？　いいね、やろやろ」

「ダメだって。幽霊が怖いとかじゃなくって、来るとき雨降ってたし、おそらく地面はぬかるんでいるだろうし、真っ暗だし、怪我でもすると危ないから」とYさんは反対した。が、「そういうことも含めての罰ゲームじゃん」ということになった。

そして……Yさんが負けた。

「いやほんと、マジでやめとこうよ」

「約束だろ。じゃあ、こういうのはどお？　三人が懐中電灯を持って、川辺まで送って行くよ。それでいいだろ？」

押し切れなかった。四人で外に出た。

表は真っ暗。月明かりさえもない。

懐中電灯はふたつ。Yさんともうひとりがそれを持ち、あとのふたりは携帯電話の明かりを頼りに、山道を進んだ。やがて、川の流れる音が聞こえだした。

「この下だ。下りてみようぜ」

そこは、草が生い茂る緩やかな崖になっている。四人は一列になってずるずると、道もないような所を下りだした。足場が濡れていてふんばりがきかない。半ば、しりもちをついたような恰好で下りていく。

と、先頭を行っていたYさんに、これ以上行ってはならない、という拒否反応がきたと同時に、体にぞわっとしたものが走った。

「ダメだ。これ以上はダメ。なんかヤバイぞ、ここ」

すると、あとの三人もそれを感じていたらしく、みんなだまってUターンをした。

先頭を行っていたYさんが、今度は最後尾になった。

慌てて崖を登って行くが、なんだか後ろが怖くて仕方がない。

と、ガサガサッと背後から、草をかき分けて進む音が聞こえた。

「えっ、後ろ、誰がいるの？」

見ると、Sくんだった。彼はメンバーのひとりで男だが、黒髪の長髪で、白いTシャツを着ている。

「びっくりしたあ。Sかあ。お前、いつの間に俺の後ろに来てたんだ？」

すると、「俺、ここにいるよ」と、前からSくんの声が聞こえた。

「えっ、じゃ、これ、誰？」

懐中電灯で照らしてみた。

髪の長い女だった。白いTシャツで、四つん這いになって草をかき分けながら登ってきている。

「わっ、女がいる！」

そう、Ｙさんが叫んだ途端「わあああっ」と、前を行く三人は、逃げだした。

「おーい、待ってくれ！」

Ｙさんも必死で逃げようとするが、女はその足を摑もうとする。

なんとか女をふりほどいて、ようよう宿泊施設にかけ戻った。

「なに、なんだよ、女がいたよ」

「周り民家もないぞ。暗闇だぞ」

四人は、一部屋に集まってぶるぶる震えた。


朝になって外に出てみると、なんだか道の向こうに人が集まっていて、パトカーが停まっている。なんだろうと行ってみた。

宿泊所のオーナーや、地元の人らしき四、五人に、警察官が何人かいて、崖の下あたりを見ている。昨夜、Ｙさんたちが下りた場所だ。

「なにがあったんですか？」

「腐乱死体がみつかったんです」と、オーナーが言った。

「えっ？」

見ると、川へ続く草むらの中に、トラロープが張ってあり、その中にビニールシートがあった。あの下に、女の死体があるという。

Yさんたちはちょうど、あそこを通って下の川へ行こうとしていたのだ。

「足を摑まれそうになったのは、ちょうど、あのビニールシートのあるあたり……」

Yさんはその後発熱して、三日間寝込んだという。

自分からのメッセージ

Kさんの祖父は、大阪市の淀川沿いにある、お寺の住職をしていた。

S和尚という。

酒が好きな人だったが、お寺の宗旨の教えでは、寺の中で酒を飲むことが禁止されていた。だからS和尚は、よくひとりで酒を飲みに出かけたそうだ。

飲みに行くのは、もっぱら大阪のミナミといわれる界隈だった。

お寺からだと、キタと呼ばれる梅田界隈に出るのが近かったが、そのあたりだと、知った人に会うかもしれないという思いがあって、わざわざミナミまで足を運んだのだ。

そのうち、贔屓のお店もできた。

やがて、檀家の親しい人たちとも飲みに行くようになり、いつの間にかそのお店で飲むことが、週末の行事のようになっていた。

あるとき、檀家の飲み仲間のHさんが訪ねてきた。

いつもは「和尚、飲み行こか」と陽気に誘ってくる男が、なんだか元気がなく、しんみりしている。

「Hさん、どないしたんや。飲み行くんならちょっと待ってくれ。用事すませるから」とS和尚が言うと、「ちょっと、上がらせてくれ」とHさんは言う。

応接間に通した。

「あのな、和尚さんに言わんといかんことがあるんやけど」

「なんや？」

「三日ほど前からな、わしの夢の中にお前さんが出て来てな、夢の中のお前さんが、実際のお前さんに伝えてくれ、と言われてな。それを言いに来た」という。

それは、「今度の週末は、あの店には絶対に行くな」というメッセージだった。

「なんやそれ」

「さあ、けどなんや、気になってな」

「ふうん、気持ち悪いな」

それだけ伝えると、Hさんは帰って行った。

「おいおい、飲み行かへんのか？」

珍しいこともあるもんやな、とS和尚は思ったそうだ。

その週末、やはりS和尚はミナミに飲みに出かけた。ただ、さすがにHさんの伝言が気になっていたので、いつもの店へは行かず、日本橋（にっぽんばし）界隈で飲んだ。すると突然、表が騒がしくなり、パトカーや救急車、消防車のサイレンがあちこちで響きわたった。S和尚も何事かと、表に出て、みんなが走る方向に行ってみた。

ミナミの千日（せんにち）デパートが燃えていて、七階から大勢の人が次々と飛び降りている。それを何千人という人たちが野次馬となって見ている。まるで地獄の様相だった。

S和尚が贔屓にしていた店は、千日デパートの七階にあるお店だった。

一九七二年五月十三日、土曜日のことであった。

赤ん坊

Sさんは学生の頃、三重県のあるホテルでアルバイトをしていた。

バイクで通っていたが、ホテルのある町には、親戚の髪結い師の家があった。

ある日、Sさんが地元の漁師さんと飲むことがあった。この時、A島の話が出た。A島は、伊勢湾に突き出た半島で、漁港から見ると島のように見える。実はSさんが働くホテルはこの半島にあったのだ。

飲み会は盛り上がって、二次会へ行こうということになった。

漁師のおじさんたちと店を出て、次の店へと道を取る。

途中、いつも気になっているものがあった。

舗装された道の端に、石が積まれていて、その石積みがこの先にある海まで続いている。

石の間には風車が何十本と刺さっていて、風を受けるとくるくる回っている。あたりには花も供えてある。

「あれ、なんですか？」

　おじさんたちに聞いてみた。

「ああ、あれか。これはずいぶん昔のことやけどな。Ａ島はえらい貧乏な土地でな、満足にメシも食われへん。そんなときに、子供を身ごもった女たちが、産んだ子をあそこに置いて行くという風習があってな。まあ、間引きやな。そのうち波が子供をさらっていく。そんな子供らをああやって供養してるんや。今でも、赤ちゃんの声が聞こえたり、妙なことが起こったりするんや、ここ」

　その話を聞いて、Ｓさんは思い出した。

　去年の春のことだ。


　仕事が終わって、バイク置き場へ向かった。途中にジュースの自動販売機がある。そこでＳさんは、缶コーヒーを一本買った。

　すると、目の前の道に、赤ちゃんがいた。よちよちと這っている。

　夜の九時。周りを見ても、親らしき人はいない。

　そのうち赤ちゃんは、よちよちと道路の真ん中へ出て行こうとした。

「あ、危ない！」

　思わず赤ちゃんに向かって走ろうとすると、それを察知したかのように、赤ちゃんの歩みがピタリと止まって、その顔がこっちを向いた。同時に、止まったままの体勢で、すぅーと、平行移動しながらこっちへ近づいてきたのだ。

その瞬間、あれはこの世のものではない、と認識した。

飲みかけの缶コーヒーを投げ落とすと、その場から逃げた。

しばらく暗がりを走って振り返ると、赤ちゃんはまだ同じ恰好（かっこう）で、真後ろについてきている。「わっ」とパニックになりながら、また走る。

そうだ、と思った。

この先に、花見通りがある。ちょうど今は花見の季節で、道に提灯（ちょうちん）がぶら下がっている。その先に、親戚の髪結い師の家がある。まだ提灯の灯は点（つ）いている時間で、ここから五分もかからない距離だ。提灯の明かりを目指して走った。

赤ちゃんは、ずっと、真後ろにいる。平行移動しながらついてきているのだ。

だが、提灯の灯はどこにもない。焦りだした。

方向は間違いない。なのに、なぜ、提灯がないんだ！

そのまま、十分は走り続けた。

すると、車が一台、目の前を通り過ぎた。

次の瞬間、灯のついた沢山の提灯が、あたりに現れた。

そのまま、親戚の髪結い師の玄関に飛び込んで、何も言えずに大きく息を吸っていると、そこのおばさんが姿を現した。そして言った。

「まあああ、えらいもん憑けて来て。まあ、おあがんなさい」

そのまま、仏間に連れていかれて、お経をあげられたのだ。

あの赤ちゃんは、ひょっとしたら、そういう霊のひとつだったのかもしれない。

その夜Sさんは、また親戚の髪結い師の家に行って、おばさんにお経をあげてもらったのである。

夏

常連客

Mさんは居酒屋をやっている。二階建ての家を改装し、一階はカウンター席とボックス席、二階は座敷になっている。

店を開けると、いつも常連のNさんが待ちかねたように入ってくる。

Mさんがカウンターでコップに一杯、お酒をなみなみと注ぐと、そのまま二階席へと消え、長居する。

その日は梅雨どきで、しとしとと朝から雨が降っていたせいか、客が来ない。Nさんも今日は姿を現わさない。

「今日は暇やな」

Mさんが、カウンターに肘（ひじ）をついてため息をついていると、ガラッと入り口の戸が開いた。Nさんだ。

だまってMさんの前に立ったので、「まいど」と言って、コップ一杯になみなみとお酒を注いだ。Nさんはそのコップを持って、二階へ上がって行った。

するとすぐに、ガラッと入り口の戸が開いた。

Nさん……？

「え？」

「いつもの、頼むわ」

「あれっ、Nさん、さっきお酒持って、上へ上がりましたよね」

「いや、今来たところだけど」

「うそでしょ。さっき、二階へ上がりましたよ」

「なに言ってんの？」

それはそうだ。考えてみれば、階段は一つ、裏口もない。店の外に出るとしたら、Mさんの前を通ることになる。

「あれ、勘違いかな。でも確かに今、お酒持って、誰かが二階へ上がったんですよ」

「それが俺ってか？　冗談。じゃ、見に行ってみようや」

ふたりで階段を上がった。

座敷には誰もいなかった。ただ、テーブルの上にお酒の入ったコップが置いてあった。

一口分だけ、減っていたそうだ。

雨の日のスナック

ある街の郊外に、小さなカラオケ・スナックがある。田園地帯で、周りには、ポツポツとしか民家がない。国道が通っているが、夜になると交通量がめっきり減る。スナックは、その国道沿いにある。

何もない簡素な場所だが、近くに工場団地などがあって、周りに飲み屋も遊ぶところもないからだろうか、店は常連さんでけっこう賑(にぎ)わっていた。

そこで店長をしているAさんから、聞いた話である。

何年か前のこと。

夜、お客さんも上機嫌で、カラオケを歌ったり、飲んだりしていると、店の前でクラクションが鳴り、続いてキキーッと急ブレーキを踏む音がする。店の前は国道なので、そんなこともあるかな、と思いたいところだが、ここのところ、けっこう頻繁にある。

急ブレーキの音がすると、たまにお客さんが「なんだろ」と言って、表を見に行くことがあったが、「別に何もないみたいよ」と戻ってくる。ブレーキを踏んだ車はすぐそのまま、走り去って行き、後には何も残っていないし、気になるものもないという。

でも、けたたましいクラクションと、急ブレーキを踏む音を、店の近くで聞くと、やっぱり何かあったはずだと思う。しかし、前の国道は、真っ直ぐの一本道で、障害になるものも、そんなにないはずだ。

あるとき、これに、ある法則があることに気づいた。

ブレーキ音を聞いて、表に出た客は、たいがい「あっ、雨が降っている」と言うのだ。

そういえば、ここのところ梅雨どきで、雨の日も多い。

雨に濡れたアスファルトで、スリップでもするのだろう。

そう言う客もいた。そのうち、急ブレーキやクラクションの音を聞いても、ほとんどの客は、またか、と気にしないようになってきた。

ある日、カウンターに座っていた常連さんが、店長に耳打ちした。

「ちょっと小耳にはさんだんだけど、この店の前、雨が降ったら幽霊が出てるらしいよ」

「なんですか、それ」

「見たヤツがいるんだ。最初は人だと思っていると、それが道に飛び出すんだって。それで急ブレーキを踏む。そしたら、もういないって」

「ほんとうですか?」

「なんか、そういう噂、最近俺も聞いたよ」と、別の客もそんなことを言う。

しかし、このあたりで交通事故があったとか、人が死んだという話は聞いたことがない。それに、こんなことが起こりだしたのは、ここ一ヵ月ほどのことだ。


ある夜、お客さんたちが早く帰ったので、ちょっと早めの店じまいをした。

後片づけをして、明日の準備もして、アルバイトの子も帰した。

Aさんは帳簿をつけると、ヘルメットを摑んで表に出た。シャッターを閉め、横の空き地に停めてあるバイクへと歩いた。

雨が降っている。ふと、国道の脇に女が立っているのに気がついた。

夜も遅く、外灯の明かりでしか確認はできないが、黒っぽい革のコートにジーンズ姿の、三十代半ばくらいの女。

でもなにか、違和感がある。この季節にコート？　雨の中、傘もささずに？　なにもないこんなところで、何を待っている？

そこにタクシーがやって来た。空車の表示。女は手を挙げてタクシーを止めようとしている。

　タクシーに乗るのか。

　そう思ってAさんは、バイクにまたがった。そしてバイクのエンジンをかけると、空き地を出た。

　タクシーはまだそこに停まっていて、運転手がきょろきょろしている。

「あのう」と、その運転手が声をかけてきた。

「なんです?」

「さっき、ここに女の人、いましたよね。手を挙げてましたよね」

「はあ」

「いないんですよ」

「いない?」

　確かにタクシーの中に乗客はいない。周りにはAさんと運転手しかいない。

「消えたんですよ。でも、いましたよね。あなた、見てましたよね」

「はあ、黒いコートの女ですか?」

「こわっ」

　そう運転手はつぶやいて、猛スピードで走り去った。

(ひょっとして、噂の幽霊?)

はじめて、そう思った。と、また女がいた。さっきと同じ場所に、同じ恰好（かっこう）で、傘もささずに立っている。その向こうからヘッドライトが近づいてきた。大型のダンプカー。

「あっ」と、Aさんは思わず声をあげた。

女が、サッとダンプカーの前に飛び出したのだ。

すさまじいクラクション、そして急ブレーキ。

もう女はいない。

急停車をしたダンプの運転手は、車を降りて、下を覗（のぞ）き込んだり、周りを見たりしていたが、すぐに走り去った。

いつも聞いている音はこれかとわかった。

今も、雨が降ると、たまに店の前で車の急ブレーキの音がする。そのたびに、あ、あの女がいるな、とゾッとする。

気になっていろいろ調べてみたが、やっぱりこのあたりで交通事故があったということもなく、一体何が原因であの女が出ているのか、いまだにわからないという。

おしらさま

京都で美容師をしているTさんが、大学時代の夏休み、自転車で京都から北海道までひとり旅行をしたことがあるそうだ。

途中、岩手県の遠野(とおの)市に立ち寄った。彼は柳田國男(やなぎたくにお)が好きで、一度遠野には行ってみたかったのだ。

あちこち、遠野の地を見て回っているうちに、日も暮れだした。

遠野駅から土淵町(つちぶちちょう)へ行く途中、山に囲まれた、ちょっとした原っぱを見つけた。

今夜はここで寝ようと、テントを用意しはじめた。

すると、山から六十歳前後の男がやって来た。釣り人がかぶるようなキャップにウェアを身につけている。

「兄ちゃん、ここに泊まるのはやめといたほうがええよ」と言ってきた。

「なぜですか?」

男はなまりの強い東北弁で、よくは聞き取れなかったが、おおむねこんな話をしたという。

この山の奥に、廃村があり、その周りではいろいろな山菜がいっぱい採れる。山菜を採りに山に入るときは、途中まで車で行き、歩くことになる。

その日も廃村まで行って山菜を採っていたが、日も暮れだしたので、採った山菜をリュックにしまい、車へ戻ろうと静かな山道を歩いた。すると、何かが道端に落ちていた。なんだろうと拾い上げてみると、それは馬頭と人の体でできた三十センチほどの像、つまり、おしらさまだった。

おしらさまとは、東北地方で古くから信仰されている家の神だ。桑の木で、馬頭姿の男女の人形を作ってそれを拝むのだ。

これは、あの廃村で信仰されていたものかな、と思った。随分古そうなものなので、そう思ったのだ。

人形は、そのままそこに残して山を下ったが、なぜかその間、誰かに見られているような気配に襲われ、ゾクゾクと鳥肌のたつ、違和感を持った。

足を速めた。

やっと車が見えてきたとき、総毛立った！

車の屋根の上に、びっしり、それこそ何十、何百ものおしらさまが、立っていた。

あまりの怖さに、夢中になって手でおしらさまをガラガラと一気に落とすと、車に乗り込んで急発進した。

ようよう家に戻って、山菜を入れたリュックを開けると、その中にも、おしらさまが一杯詰まっていた。どうしていいかわからず、全部この山に持って来て、捨てた、という。

「だからここは、あかん。悪いことは言わん」と、男は言って、立ち去った。

Tさんは、それを信じたわけではないが、地元の人にそう言われると、そのまま居座るのもよくないかと思って、テントをたたんだ。そして、別の場所に移動して、そこで寝た。

翌日、どうもあの男の言ったことが気になって、廃村を見てみたい気もあって、あの原っぱに行ってみた。

そんな場所は、どこにもなかった。

夏休みの教室

Hさんは、いつも夏になると思いだすことがあるという。

学生時代のことだ。その頃、アルバイトで小学生に公文式(くもんしき)を教えていた。

その教室が、小学校の校舎と道を一つ隔てた、一軒家の三階の部屋だった。

その窓からは、小学校の教室が見える。

夏休みになると、夏期講習となり、十人ほどの子供が通ってくる。夕方から始まって、夜までかかる。

学校は閉まっているので、窓の外は暗くなる。

そんな、真っ暗な小学校の教室に、赤い光る玉が浮いていて、ふわふわと動くことがあった。

そのたびに、子供たちが騒いでベランダに出る。

その玉は、正確には、オレンジ色から赤に近い、朱色のような色。ところがその芯(しん)は、真っ赤に燃えているように見える。大きさは、よくはわからないが、周囲のものと比べると、バスケットボールくらいのものか。

それが、いつの間にか、三階の教室の真ん中に、ひとつ、浮いている。

暗い教室の中、教室の黒板やその桟に、その発光体の赤い光があたって、反射しているのがわかる。これがたまに教室の端に移動して、また、ピタリと止まるのだ。

なぜかそれが、三階のある教室のみに現われる。

「先生、あれはなに？」と子供に聞かれるが、わかるはずがない。

それは、一旦現われると、二、三十分は浮かんでいる。

これが一度や二度ではない。夏休み中に何度もあった。

一度だけ、すとんと床に落ちて、そのまま抜けると、二階の教室に現われたことがあった。

これは、下を歩いている人からも見えたようで、たまに通行人が、立ち止まって見ていることもある。

「おいおい、もう勉強に戻るぞ」と子供たちを席に着かせるが、それはいつの間にやら消えている。子供たちが言うには、それは、一瞬で消えるのだという。

当時はそれが現われても、ああ、またか、という感じだったが、今思うと、あれはなんだったのか、不思議でならないという。

赤いコート

会社役員をしているFさんという男性が、学生の頃の体験というから、もう二十年以上も前のことになる。

男四人、女四人で、ある海岸沿いのキャンプ場に行った。

門を入ると、右手に管理室。そこで手続きをして、中へと入る。

すでにテントが二つか三つあった。Fさんたちは、ちょっと歩いて、ちょうど真ん中あたりに男用と女用のテントを二つ張った。

まだ、じりじりと、夏の太陽が照りつける午後のこと。わあわあとはしゃぎながらの作業だったが、ふと、気になるものを見た。

そこから百メートルほど先に、雑木林がある。そこに、ひとりの女がぽつんと、立っているのだ。

気づいたときから同じところに微動だにせず、ずっと立っていて、しかも赤いロングコートのようなものを着ているのだ。友人たちもそれに気づいて、

「マネキンか？」

「いや、さっきから気になって見てるけど、人間のようだよ」

「真夏の海辺に、赤いコート？」

「観光客じゃない？」

などと不思議がる。その間も女は、この炎天下、ずっと微動だにしない。

「気にせんと、海、行こうぜ」

Fさんたちは水着に着替えて、海に飛び込み、夏の海を満喫する。

やがて、Fさんたちは、買い出し班とバーベキューの準備班とに分かれた。

Fさんは、準備班として残ったが、やはり雑木林にあの女がいて、あれからもまったく動いた形跡もない。なんだか気味が悪い。

「正体を見きわめに、行ってみようか」

友人のNくんがそう言うと、「私も行く」と、A子さんが手を挙げた。

ふたりで雑木林へと向かった。だんだん女に近づいて行く。あと、数メートルで、赤いコートの女と接触する、という地点で、急にふたりがきょろきょろしだした。

「なにしてんだ？　あいつら」

ふたりの様子がおかしい。

しばらくして、ふたりが戻って来た。

「雑木林に足を踏み入れた途端、女が消えた」と言う。

「いや、ほら、あそこにまだ立ってるよ。お前たち、女の近くまで行って、急にきょろきょろしだしたんだよ」

「でも、確かに消えたよな」

「うん。突然いなくなったみたいだった」とA子さんも言う。

「じゃあ、俺、行ってみるよ」

　Fさんが挑戦した。女のいる雑木林へと近づいて行く。

　マネキンとか、案山子ではない。人間だ。若い女だ。

　着ているのは、赤いトレンチコート。しかし、一点を見つめたまま全然動かない……。

　そよ風が雑木林を吹き抜ける。女のコートが揺れ、髪が乱れた。このとき女が、瞬きをしたのが見えた。ただ、風で乱れた髪に手をやるでもない。いや、髪の毛は乱れずにもとに戻っている。

　女は、Fさんが近づいているのに気づくでも、気づかないでもないようだ。その、あやふやさがなんだか不気味だった。

　ただ、屍のように立っているだけ。いや、屍ではない。不思議と、生気がない、という感じでもないのだ。いったい、なんなんだあれは？

　そう思いながら、一歩一歩と近づき、女まで十メートルというところに来た。そして雑木林に踏み入った。

「あれ？」

女がいない。

見失ったわけではない。確かに今まで、そこにいた。

女は、忽然と消えた、としか思えない。

あたりをきょろきょろ見回すが、女の影さえもない。

「あのふたりが言ってたことは、こういうことか……」

引き返した。だが、振り向くと女はいる。もう一度、Uターンして、雑木林に入った。途端に、ふっと女は消えた。

「わっ」

なんだか怖くなって、あわてて仲間のいるキャンプ場に戻った。

「お前らの言ったとおりだ。消えた」

「な？」

だが、ここから見ると、やはり女はいる。赤いトレンチコートで、微動だにしない。

夕刻近くになって、買い出し班が戻って来た。

「あの女、まだいるねえ」

「実はさっき……」と、雑木林まで行くと、女が消えるという話をした。

「ほんとかよ」と、さらにふたりが女に近づいてみたが、やはり途中で消えた、と戻って来た。

気にはなりながらも、バーベキューを楽しみ、ビールを飲んで、歌も歌った。

気がつけば、もうあたりは暗くなっていて、雑木林のあたりは真っ暗。女も闇の中に沈んで、何も見えなくなった。


夜中、疲れて寝ていたFさんは、ものすごい悲鳴で起こされた。

「なんだ？」

声は、すぐ表からした。テントから出て見ると、A子さんがそこにいた。

「どうした？」

「い、今、あの女が、そこにいた」

「あの女、って？」

「雑木林にいた、あの女よ」

A子さんは、トイレに行きたくなって懐中電灯を片手にテントを出た。そして、行く手を照らそうと懐中電灯の光を前方にあてると、目の前に、あの女の顔があったという。

「いないじゃん」

「いた、いたよ」

今、恐怖が襲ってきたのか、わっとA子さんは泣きだした。

目の前で見た女のトレンチコートは、血がベットリと付着したような赤だったという。

Fさんは、テントに戻ると、持って来ていた工事用の懐中電灯を取り出し、雑木林に向かって照らしてみた。

女がいた。

赤いコートを着て、昼間とまったく同じ場所に。

ただ、顔は、明らかにこっちを見ている。そこだけ、昼間と違う。

「ううわっ」

さすがにこれは、幽霊だということになった。

それからは怖くなって、ひとつのテントに男女八人が肩を寄せ合って朝まで過ごした。

翌朝、雑木林に女の姿はなかった。

帰り際に、夜はいなかった管理人のおじさんに、昨日見たことを話してみた。

「やっぱり出ましたか」と言われた。

二、三カ月ほど前、あの雑木林で首を吊った若い女がいたという。しかし、その様子を聞くと、どうもそれは赤いコートではなかったという。
「ほな、違うんかなあ」と、おじさんも首をひねった。

どこの子？

落語家のJさんは、子供の頃、すごい田舎で生まれ育ったという。

同期の友達がほとんどいないような過疎の村。だから、近所のおじさんが友達の代わりだったそうだ。

釣り好きのおじさんがいて、よく釣りに連れて行ってもらった。

Jさんは、だんだんと釣りの魅力に惹（ひ）かれ、病みつきになった。

中学生になった夏の夜。近所の川べりで、おじさんとふたりで釣りをしていた。

暗いので、懐中電灯を持参していた。

すると、遠くで、ガサガサと葦（あし）が揺れる音がした。何かが葦の中を移動しているようだ。

ふたりとも、懐中電灯でそのあたりを照らした。

葦がものすごいスピードで、ジグザグに分かれている。

「なんや？」

おじさんが、訝（いぶか）った。

ガサガサガサッ。

近くまで来ると、それがヌッと姿を現わした。

子供！

いや、顔立ちは子供。しかし、緑色の肌に濃い緑の斑点、目がギラギラ光り、口は耳まで裂けている。その瞬間、

「こらあ！　お前、どこの子やあ。こんな悪さをしやがって。大人をなぶるのも、ええかげんにせえ！」

おじさんが怒鳴った。

すると、その子供のようなものはまた、葦の中に隠れると、猛スピードで川へと移動し、ザッパーンと水に飛び込む音がして、あれよあれよと姿を消した。

おじさんは、よっぽど腹を立てたようで、「もう帰るぞ」と言いだした。

帰り道、おじさんは「ほんまに悪いやっちゃ。大人を驚かしやがる。今度おなじことがあったら、許さんからな」と、ずっと怒っていた。しかし、Jさんは、あれは人間と違うぞ、人間と違うぞ、と、子供心に思っていた。

大人になって帰省したとき、久しぶりにそのおじさんと会った。

「そういえば、こんなこと、ありましたよねえ」と、Jさんはあのときのことを話し

た。

するとおじさんは、「ああ、あったなあ。あれは人間やない。河童(かっぱ)やったな」と言う。

「えっ、おじさんもそう思っていたんですか？　でも、おじさんは、あの時、どこの子やって、ずっと怒っていましたよね」

「今やから白状するけど、あの時、わし、めちゃくちゃ怖かったんや。おそらくお前がおらんかったら、腰抜かしとったやろ。でも、子供の手前、そんなとこ見せとうない。だから必死で、あれは子供や、子供やと、自分に言い聞かせとったんや」

もうひとり

大阪で劇団を主宰しているFさんという役者さん。

彼の劇団では、お化け屋敷のプロデュースをすることが多いという。劇団員たちがお化けの衣装を作り、小道具を用意し、セット作りに携わり、お化け役を演じて、お客を怖がらせるのである。

これは、十年ほど前の夏のこと。

東京都内の某遊園地に、お化け屋敷の小屋を作り、一ヵ月の興行をした。

お化け屋敷は、六つのエリアに区切られている。

その一つに、映画『リング』に出てくる貞子（さだこ）のような衣装を着た役者が控えていて、客がA地点の通路を通ると驚かせ、そのままB地点に移動。Uの字になっている通路を進み、同じ客をまた驚かせる、というエリアがあった。

役者はふたり入っていて、交代制でお化けを演じる。

昼過ぎ、演出担当であるFさんが、現場に足を運んだ。

受付の団員に、

「よお、どんな状況？」

と聞いた。

「問題ないです。ちゃんとまわっています」

という返事。受付には、モニターがいくつかあり、各ポイントの役者たちの様子がそれで確認できる。

「あっ、そう」

そう言って、Fさんは小屋の中に入って行き、例のエリアで待機している役者に声を掛けた。

「どんな状況？」

すると、

「あっ、Fさん。カンベンしてくださいよ。もうひとりが来ないんですよ。朝からずっと俺ひとりなんですよ。こんなんトイレも行けません。休みなしで、くたくたですよ」と言う。

「あれれ、受付では問題ない、言うてたけどな」

見回すと、確かにもうひとりがいない。

「確認してくるわ」

Fさんは、受付に戻った。

「おい、このエリア。もうひとり来てないって」

「えっ、来てますよ。ふたりいるはずですよ」

そういって、受付の団員とモニターを見た。

幽霊役の役者が、B地点からA地点へと戻るところが映っている。

お客が入ったので、A地点に戻ったんだな、と思う。

と、「まだですか」という声が背後からした。見るとさっきまで苦情を言っていた、お化けの恰好をした役者である。

「やっぱりもうひとり、来てるやん」と、受付の団員はモニターを再び見た。

と、A地点に移動した幽霊役が、フッと消えた。

「ええっ！」

みんな、顔を見合わせる。その瞬間、ザザッとモニターにノイズが走って、誰もいないエリアが映っている。と、B地点にさっき消えた幽霊が突然現われた。そこにいた客が、悲鳴をあげたのが、受付まで聞こえた。

「おい、出勤簿、見てみろ」

もうひとりは来ていなかった。

じゃ、中にいるのは、だれ？

Fさんも受付も、その役者も思わず現場を放りだして、逃げてしまったという。

しかし、その後もお客は入って行って、誰もいないはずのエリアで絶叫をあげて、けっこう満足そうな表情で出てくるのだ。

「報告します？」と、団員に訊かれた。

「いや、だまっとけ」

遊園地に悪い噂はたてたくなかったし、噂に尾ひれがついて、それで客足が遠のくのもよくない。

しかし、お客さんの口コミで「あそこはホンモノの幽霊が出る」と評判になって、その後は大盛況であったという。

人形の部屋

同じＦさんの話。

Ｆさんの劇団の事務所の倉庫には、「呪いの人形」とフェルトペンで書いた段ボール箱がいくつかある。その中には、お化け屋敷で使う小道具の人形が入っているのだそうだ。

これも数年前の夏、都内の遊園地で、お化け屋敷の興行をしたときのこと。

このときは、あるホラーゲームが流行っていて、そのゲームの世界観をコンセプトとした演出を行っていた。もちろん、Ｆさんが担当した。

あるエリアに、人形の部屋を設営した。壁にネットをめぐらせ、そこにいっぱい人形を引っかける。その人形は、Ｆさん自身が市販のものを買ってきたり、アンティークを取り寄せたり、ネットオークションで見つけて買ってきたりしたもの。これらを割ったり、体の一部を壊したり、ねじ切ったり、血のりをつけたり、燃やしたりして、異形の人形を作る。

くすんだ青い目の人形や、血みどろのドレスの人形、腕や足がねじまがったような人形を作って、それをネットに引っかけるのだ。また、二本の足で自立する人形は、部屋のあちこちに配置して立たせた。

夜、営業が終わると、後片づけと清掃をして、団員たちはみんなホテルへと帰る。しかし、準備が早朝からあるので、正直、ホテルに帰るのが面倒なときがある。Fさんは一度、ホテルに帰らずに、この人形の部屋で寝てみることにした。

警備員に見つかったら契約違反でペナルティーが科せられる。なので、部屋に置いてある棺桶（かんおけ）の中に入って、隠れて寝ることにした。棺桶は、客が来れば、この中にスタンバイしているモンスターが、フタをはねのけて出てくる、というものである。

Fさんは、電気を消して、棺桶に入って寝そべった。

電気が消えている人形の部屋は、真っ暗で独特の雰囲気があり、正直、すごく怖かったという。しかし、ここで一晩過ごせば明日の朝は楽だ。そう自分に言い聞かせて、目をつむった。

夜中、部屋の扉が開く音がして、目が覚めた。

えっ、開いた？　この時間に？　警備員か？

棺桶は、軽いコンクリート・パネルをつなぎあわせて作った手製の薄いもので、お客が入ってきたらどこにいるのかが確認できるよう、切れ込みが入っている。そこから、部屋の様子を覗（のぞ）いてみた。

闇の中、何者かがこちらに近づいてくる足音がする。警備員なら、懐中電灯を持っているはずだ。なのに、漆黒の闇の中、足音だけがする。

ぺた、ぺた、ぺた、とどうやら裸足(はだし)。

近づいてきた。

と、ふと白い衣が闇の中に現われて、さわさわという衣擦れ(きぬず)の音をさせながら、棺桶のすぐそこに来たのがわかった。そして、白い衣が視界から消えると、棺桶の周りを、すりすりと衣を擦らせながら、棺桶に沿うように移動しだした。

Fさんは、息をひそめた。

ごとん。

大きな音がして、体がビクンと反応した。

「あかん、ここ出よ」

耐えられなくなって、フタを押した。ところがビクともしない。

ポーンと、はねのけることのできる軽いフタのはずだ。

えっ、鍵(かぎ)がかかってんの？

そんなものはない。

「ひい」

思わずFさんが声を出すと、移動していたモノがピタリと止まり……。

気がついたら、朝だった。同時に部屋の扉が開いて、団員たちが入ってくるのが見えた。

「おい、開けてくれ、開けてくれ。俺や。ここ、開けてくれ」

みんなが駆け寄ってきて、フタを開けてくれた。フタが開くとき、何かが大量に落ちる音がした。

ずる、ずるずるずる、どん、ずるずるずるっ、どんどん。ばらばらばら。

なに、この音?

やっとフタが開いて、出てみると、ネットに掛けてあった人形がフタの上に置いてあったらしく、それらが床に散らかっている。あっ、とネットを見ると、一体も残っていなかった。

「Fさん、なにしてんですか」と団員に言われた。


実はこの人形、大きめのものは下、首のないものは上、というようにレイアウトは決まっている。それを毎日写真を撮って日報に載せる。ところが、毎日その位置が変わっているのだ。団員たちには「怖い」という感覚はなく、ただ、誰が動かしたんだ、配置替えや片づけが大変やないか、という程度の意識だったらしい。

そして、たまに数が違う。

ネットに引っかける人形は三十体。数えると二十四体しかない、ということがあった。

「あとの六体、どこやった？」

この部屋から持ち出されているはずはない。だが、六体がない。

団員全員で、手分けをして捜すが、まったく見つからなかった。ところが、翌日は、ちゃんと三十体揃っていたのだ。

人形によっては、片手片足をもぎとったりしているが、その手足は全部残してある。

これが増えているときがある。

人形が三十体なら、手は六十本。なのに、六十一本ある。少なかったことは一度もない。

「元の人形の数が違うんじゃないか。本体がなくなって、手だけ残ったんだよ」という団員もいる。だが、Fさんの管理ノートによれば、紛失した人形はない。

お化け屋敷のイベントが終わるたびに、「数が合わない」「在庫がおかしい」とよくもめる。

だからFさんは、その人形の入った段ボール箱に「呪いの人形」と書き、取り扱いに注意するように、と毎夏のシーズンになると、劇団員に徹底指導しているのである。

四国の実家

M美さんという女性の実家は、四国の徳島だそうだ。

祖母が亡くなって、今の実家は、母の弟さんが継いでいる。その過程にはちょっと複雑な理由があるらしい。だから、あまり実家には帰っていないという。

ある夏、友人のK子さんとふたりで、四国旅行に出かけた。

「ねえねえ、M美の田舎って、どんなとこ？　行ってみたいな」とK子さんは言う。

「いやだよ。ずっと帰っていないし。帰りたくもないし」

「なんで？　私って都会育ちだから、田舎のある人ってうらやましいんだけどな。ねえ、寄って行こうよ」

そうまで言われて、拒否するほどの理由もない。久しぶりにお線香だけでもあげていこうか、という気になって、実家に電話をした。明日、何時ごろ、ちょっと寄って行くから、とおじさんに伝えた。

翌日、タクシーに乗って、実家に帰った。長居をするつもりはなかったので、タクシーにはその場で待つようにと伝えて降りた。

強い日差しの下、蟬（せみ）しぐれが、じんじんと耳に降り注ぐ。

K子さんを連れて、母屋の玄関に入った。田舎の農家のこと、戸はどこも開けっぱなしだ。

奥に向かって、M美さんは呼びかけた。返事がない。

「来たよー！」

「来たよー！」

さらに大きな声で呼びかける。だが、外から蟬しぐれが聞こえて来るだけ。

K子さんを土間に待たせて、台所を覗（のぞ）いた。誰もいない。

勝手口を出た。すぐに畑。でも人影はない。

納屋に回った。引き戸を開けて「来たよー！」と、また大声で叫んだ。やはり誰もいない。一周して、また玄関から入って、K子さんが待っている土間に来た。

K子さんは、半ばあきれ顔で、ハンカチで自分の顔のあたりをパタパタ仰ぎながら言った。

「それにしても、あんたの声、よく響くわねえ」

「けど、誰もおらんよ。おかしいなあ。まぁ、いいか」

M美さんは、勝手知った実家、とばかり上がり込んで、仏壇の前に正座した。

祖父母の写真を見て、蠟燭（ろうそく）を灯（とも）し、鉦（かね）を鳴らして手を合わせた。

「今、帰ってきました」

するると、天井からぶよぶよとした水の入った空気の塊、のようなものが下りてきて、体をやさしく包まれたような感覚が走った。あれほど降り注いでいた蟬しぐれがピタリと止み、静寂の中に誘われた。身が清められる気持ちになった。

(多分、おじいちゃんか、おばあちゃんが降りて来はったんや)

手を合わせたまま、目をつむって、そのことを実感した。と、フッと空気が変わった。

蟬しぐれが、また響き渡った。

「あれ、来てたん?」

おばが入って来た。

「来てたん、やないわ。どこにいたの?」

「ずっとわたし、納屋にいたけど」

「いや、いなかったよ。納屋、見たけどだれもいなかったよ」

「いや、いた」

「いなかったって」

すると土間から「いらっしゃらなかったと思います。あの声が聞こえないはずがないですから」と、K子さんの声がする。

「いたけどなあ……」

首をひねりながらおばは、「お茶でも入れようか」と言う。

「いやもう結構。もうすぐ帰るから」

そう言って、そのまま実家を出ると、K子さんとふたり、待たせてあったタクシーに乗り込んだ。

「あのおばさんのこと、あんた嫌いでしょ」とK子さんに言われた。

「うん」とだけ返事した。

「あんたのおじいさん、おばあさんも、あのおばさんのこと、嫌ってたよね」

「そんなこと、わかるん？」

あのおばは、母の弟の、お妾（めかけ）さんだったのだ。

欠かしてはいけない

中学校の教師をしているMさんは、お盆の墓参りを欠かしたことがない、というか、欠かすな、という家訓があるそうだ。

毎年恒例の墓参り。ところが欠かすな、というのは、先祖の墓のことではない。別の墓なのだ。

そのことに気づいたのは、幼いころだったという。

家族全員で墓参りを済ませ、もう帰るのかな、と思っていると、帰りの道から逸れて、ぞろぞろと山道に入った。お地蔵さんの脇を通って雑木林を抜けると、そこにも墓地があった。立派な墓石のあるようなものではない。

自然石に近いような墓石に、名前が彫ってあるようなものが二十基ほど並んでいる。

その墓石を、両親が丁寧に水で洗い、お線香をあげ、花を供え、懸命に拝んでいる。

Mさんは幼心に妙だと思って「ねえねえ、これ、誰のお墓?」と聞いたことがある。

すると、「今にお前にもわかるから」と、それだけ言われた。

それからは、毎年毎年、立派な祖先のお墓と、雑木林の向こうにある質素なお墓をお参りしていた。

二十歳になった夏、祖父に呼ばれて、正座をしろと言われた。

「お前も大人になったから、これは話しとかんとあかんことや。お前も知っているとおり、うちはずっと、先祖代々庄屋をやっててな。それで、お盆になるといつもお参りしている、あの墓な。あれはうちが代々栄えるために、犠牲になってもろうた人たちの墓なんや。だから、お前も今後、どんな仕事の都合があろうが、どんな大病を患おうが、あの墓参りだけは、けっして欠かすな」と言われたのだ。

そのお盆にも、家族全員でお墓参りをした。

その夜のこと。

部屋で寝ていると、なにやらゾッとする感覚に襲われて、目が覚めた。

夜中、田舎の家とはいえ、どこかに何かの明かりがあるはずだが、部屋は不気味なほどの漆黒の闇。

あれっ、と起き上がろうとするが、体は動かない。

すると、周りに何かの気配を感じた。

漆黒の闇の中に、もっと黒い、何かが存在している。それが、自分の周りを取り囲んでいる。

なんだ、これは……。

イメージが来た。

周りにあるものは、昼間にお参りした、あの墓石だ。丸いものや、欠けた楕円形のもの、細長く四角ばっているもの、あの墓石の形状だ。そんなものが、畳から生えている。

じとっと脂汗が出る。耳には、部屋の柱時計の音だけが聞こえてくる。

と、部屋の空気が変わった。

墓石だと思っていたものが、違うものになった。漆黒の闇の中、それがわかる。

生首だ。

墓石だとイメージされていたものが、人の生首に変わっている。

「うわっ」

思わず叫ぶと、体が動いた。

慌てて電気を点けると、なにもない。

そんなことが、お盆の間、ずっと続いた。

それからは、毎年、お盆の夜中になると、寝ているMさんの周りに、それが出るようになった。

最初のうちは、闇の中に生首がある、ということしかわからなかったが、年を経るごとにそのヴィジュアルははっきりしてきているという。

今、Mさんは四十代の後半。

生首は、髪をザンバラにした骸骨のような痩せ細った女の顔、片目がつぶれた太った男、髭づらで頬に刀傷のある男、老婆や子供もいる。それらの首が、部屋の畳から生えていて、寝ているMさんの周りをずらりと取り囲んで、ただ、うらめしそうに見ている。

そんなものが、闇の中にはっきり見えるのだ。

もし、あのお墓に参らないということが、一度でもあったとしたら、いったいどんな目に遭うのだろう。

そう思うと、怖くて仕方がない。

「だから今も、何があっても、お墓参りは絶対に欠かせないんです」と、Mさんは言った。

サキダキョウコ

Hさんは、普通のサラリーマンであるが、僧侶の資格を持っているという。

これはまだ携帯電話がなかった頃の話だ。

蒸し暑い、ある夜の九時ごろ、知り合いのFさんから電話があった。

Fさんは喧嘩が好きで、ヤクザが相手でも怖くないという人。随分と武勇伝を聞いている。そのFさんの声が、なんだか震えている。

「Hさんか？　わしや。今な、幽霊がおるねん。で、それが言うとんねん。私の名前はサキダキョウコで、自殺やない、殺されたって」

「はあ？　あなた誰ですか？　Fさん？　どうしたんですか」

「どう、やない。殺したのは○○という常連客らしい」

「Fさん。酔っぱらってるんですか？」

「A町で料亭やってたんやて。そう言うとる。自殺やない。殺されたんやと」

それで電話は切れた。

なにか、Fさんの様子が尋常でない。Hさんのほうから電話をしてみた。

コール音はするが、誰も出ない。心配になって、翌日、Fさんの家に行ってみた。訪ねてみると、玄関に、Fさんがのそっと姿を現わした。

「Fさん、大丈夫でしたか？」

するとFさんは、きょとんとして、「なにが？」と聞いてきた。

「なにがて、昨夜ですよ。僕のところに電話したでしょ」

「電話？　あんたにか？　覚えないなあ」

「してきましたって。九時頃でしたよ。幽霊がどうの、サキダキョウコがどうのって」

するとFさんは、しばらく考え込んで、「ははあ、そういうことか」とつぶやいた。

「あの、Fさん……？」

「ちょっと上がって。話があるわ」と、FさんはHさんを二階の部屋に通した。

そして、こんな話をしたのだ。

「わし、この季節になると、裏の墓地に入り込んで、墓石を枕にして本を読んだり、寝たりするのが好きでな、天気のええ日なんか、よう、それをするんやけどな……」

確かにFさんの家の裏手はすぐ、大きな墓地になっている。その墓地に入って、墓石に触れていると、ひんやりとして、心地がいいらしい。また、墓石ほどキレイなものはないとFさんはいう。

昨日も夕方ごろ、墓地に入り込み、適当な墓石を見つけて、それを枕にごろりと横になり、本を読んだり、居眠りをしたりしていたらしい。

ちょっと肌寒く感じて目が覚めた。もうあたりは暗かったので、家に帰った。

Fさんは一軒家にひとり住まいをしている。店屋物を取って、二階の部屋で食事をしていると、外から雨の降る音が聞こえだした。その音がものすごい。

「すごい雨やな」

そう思って窓に近寄ってみたが、雨など降っていない。

「あれ?」と、窓ガラスを開けて、外を見る。

やはり、雨など降っていない。だが、雨が滝のように落ちてくるような音は止まない。

と、庭先に、人影が立っていることに気がついた。

和服姿の、品のよさそうな中年の女。

「誰や」

そう思ってよく見ると、ふっと女が顔を上げた。その顔がちょうど庭の外灯に照らされた。

顔半分がない。割られている!

はっとして、窓を閉め、カーテンも閉めた。

いた。

滝のような音は、まったく止まない。いや、滝ではない、海の荒波の音だと気がついた。

「ありゃ、なんや」

その時、電話が鳴った。

電話は階段下の電話台にある。下りて行って受話器をとった。

「サキダキョウコと申すものです」と、電話の向こうで女の声が言った。

「サキダさん？　なんの用です」と、名前に聞き覚えのない女に聞いた。

「お話ししたいことが」と女は言う。

「お話って、わし、あんたのこと知らんけど。だれ？」

「今、庭先に立っていた者です」

「えっ……、冗談はよせよ」

「ほんとうです。私は、殺されて、この世を彷徨（さまよ）っているのです」

Fさんはそういうことを信じない。だから、墓石の上で寝られるのだ。

「そういうこと、わしは信じないから」

電話を切ろうとすると、

「これでも？」と半分崩れた顔が、ぬっと目の前に現われた。

記憶はそこで途切れているが、朝起きたら、階段下の電話台の前に倒れていた、という。「それ、夢やなかったんかと、自分に言い聞かせてたんやけど……。そのあと、あんたのとこに電話をしたのかもしれんな」と、Fさんは言う。

「で、サキダキョウコという名に覚えは？」

「ほんまにないねん」

「昨日、あんたが枕にしたという墓は？」

Fさんが墓地へ案内した。

「えっと、確か、あっ、これや！」

わりと新しい墓。

崎田京子之墓、とある。

「サキダキョウコ……、なんか見た名前やな」と、Hさんは思いだす。

「あっ、去年やったか、A町で料亭をしていた女将さんが、F県の高い崖から海へ飛び込み自殺したとかいうて、新聞か雑誌で読んだ記憶があるわ。その料亭、行ったことあるんで、あの女将さんが？　なんで海で、とか思いながら読んだから覚えてますよ。確か、マスコミは愛人関係のもつれで、他殺の可能性もあるとか言って、書きはやしてたなあ。その人でしょう、きっと」

「なんでその女将がわしとこに出てきたんや」

「きっと、墓で寝たからですよ。でもFさんが僕とこに電話してきたのは……なんでやろう。僕が僧侶の資格を持ってるからかもしれませんね」

そう言って、Hさんはお墓の前でお経を唱えた。とうにひからびていた花も、新しい花に代えた。

後日、あの墓地を管理しているお寺に行って、いろいろ聞いてみると、警察は、自殺の名所の海上に浮かんだ女将を自殺として処理したといい、お墓は遺児となったひとり息子が建てたらしい。その息子は「母さんは殺されたんだ」と、何度も警察に訴えに行っていたが、しばらくして交通事故死をした。だから今は、あの墓をお参りする者はいない、ということだった。

Hさんは、今もサキダさんの命日になると、お経をあげるために、あの墓地へ行っているのだそうだ。

山の女

登山が趣味のＴさんが、もう四十年ほど前に体験したという話だ。

八月十四日のことだったという。

大台ヶ原山(おおだいがはらざん)頂上から大杉谷(おおすぎだに)に向かって下った。美しい森や滝に目を奪われ、写真を撮りながらの下山。七(なな)ツ釜滝(がまたき)の吊(つ)り橋(ばし)を渡ったところで、日も暮れかけた。

野宿をしようと決めた。

真夏の晴天の夜。そのまま寝袋に入って、野に横たわった。

夢を見た。

Ｔさんの顔を覗(のぞ)き込んでいる若い女の顔がある。

はっと目が覚めた。

空いっぱいの星空が広がっている。

と、体が動かない。

金縛り？

目をつむった。

女がまたTさんの顔を覗き込んだ。その表情で、何かを訴えようとしているのがわかる。

目を開けた。すると女の姿はなく、星空が広がっている。

目を閉じると、女が覗き込んでくる。

「よし、わかった」

心の中でつぶやくと、体が動いた。Tさんはその場に正座をすると、両手を合わせ、朝夕欠かさず唱えている法華経の方便品と寿量品を暗誦し、法華経のお題目を唱えた。

するとその後は、ぐっすりと眠れたのだ。

朝になって辺りを見回すと、そこからすぐの山裾に、いくつかの墓石が並んでいた。


その日の昼近く、Tさんは不動滝へと向かった。

崖に沿った幅五十センチほどの道を、カニ歩きの状態でゆっくり進む。背中のリュックの重心が谷にある。

その約六十メートル下に川が流れていて、足元を見ると足がすくむ思いがする。

と、足が滑った。

あっ、落ちる！　死んだ！

瞬時にそう思った。そのとき、どん、と誰かが谷のほうからリュックを押してくれた。

必死に壁にへばりつき、後ずさりをした。眼下の谷底を見て、助かった奇跡をかみしめた。

昨夜の女が助けてくれた。そう思って涙が出たという。

旅館の女将

同じTさんの話である。

翌年のお盆、岐阜県のある渓谷を登った。

日が暮れだした頃、川沿いに建つ一軒の大きな旅館を見つけた。今夜はここに泊まろう、と、まっすぐ旅館に向かった。

すると、全身にぞわっとする悪寒がわいた。

（あそこに泊まってはいけない。近づくな！）

体のどこかがそう警告している。

来た道を戻った。すると、すぐに脇に逸れる坂道を見つけた。その坂を上がると、別の旅館があった。

Tさんは、この旅館に泊まったのだが、妙な夢を見た。

なぜか、あの川沿いの旅館にいる。たったひとりで、その大きな浴場の湯の中に浸かっている。体を流そうと湯から上がった。

「お背中、流しましょうか」

背後から声がした。

ふっと振り返ると、青白いが気品のある中年女性の顔があった。いきなり現われたその唐突感。

浴場のガラス戸が開いた音もしなかったし、入った時は、確かにTさんひとりだけだった。

これは、普通じゃない。

そそくさと浴場を後にして、部屋に戻ると帰り支度を始めた。

と、ここで目が覚めた。

全身汗びっしょりだった。なんだ、この夢は？

行ったこともない旅館の情景が、ありありと脳裏に残っている。

翌朝、女将（おかみ）さんに、その夢の話をした。

川沿いの旅館の浴場の特徴。赤いカーペットが敷かれた廊下。二階の部屋の間取りと、旅館の雰囲気。そして、背中を流そうとしたあの中年女性の、顔立ちや物腰。

すると、話を聞いていた女将の顔色が、みるみる青ざめた。

「お客様がご覧になった夢に出てきた旅館は、たしかにあの川沿いの旅館に間違いありません。そして、浴場にいたその女性は、あの旅館の女将さんです。でも、女将さんは、ちょうど一年前、和服の袂（たもと）に小石をいっぱい入れて、旅館の前の川に、入水自（じゅすい）

殺をされたのですよ」と言う。

そののち、あの旅館には女将さんの幽霊が出る、という噂が立って、お客が入らなくなった。今はもう廃業し、建物は取り壊される予定になっている、と聞かされた。

「みんなが怖がりますので、くれぐれも、その夢のお話は、しないでください」と、念押しされたという。

内線電話

Kさんは十年ほど前まで、イベント会社を経営していた。

司会者やタレント、芸人、コンパニオンガールの派遣、着ぐるみショーのためのぬいぐるみもたくさん在庫を抱えていて、その中に入る役者さんたちとも契約をしている。また、イベントの企画から運営も行っている。

会社は、大阪府下にある自社ビルだが、立地場所が特殊だったらしい。

踏切と踏切の間に、会社のビルがあるのだ。

つまり、近くに駅があって、地図で見ると、私鉄の鉄道がYの字に分かれるところがある。そのYの字の間に挟まるように建っているのである。だから、しょっちゅう、会社の外では踏切の警報機が鳴っている。そして、この踏切が、事故多発地帯なのである。

そのほとんどが、飛び込みだ。

仕事をしていると警報が鳴り、電車のけたたましい警笛と急ブレーキ音がして、にぶい音がする。あるいは、鉄の車輪に何かをまきつけたような音がする。そして、電車が停まる。
「またか」と思う。
この時、必ず飛び散った肉片が会社のビルの壁にひっかかる。
パトカーが来て、野次馬が群がる。
そうなると、ついつい二階、三階の窓を開けて、現場を見てしまう。
ブルーシートで覆い隠す作業をしている警官が「見るなあ、見るなあ」と大声を出す。
「わあ、嫌なもん見た」と後悔しながら、作業を続ける。
そんな場所だ。

一度、Kさんが一階の応接室で、接客をしていたときに、こんなことがあった。
お客さんと話していると、踏切の警報機が鳴りだした。応接室にいても、聞こえる。
と、電車が異様な警笛を鳴らしだした。そして、ガガガガッというにぶい音。
「あっ、また」とKさんは思う。
と、ゴトリ、という音がした。
「わっ」とお客さんが飛び跳ねた。
お客さんの足元に、サラリーマンが履くような茶色の革靴が片方落ちていた。

「な、なんですか、コレ。急に足元に落ちてきたみたいですが」と、お客さん。

あとでわかったのだが、それは踏切に飛び込み自殺した男の靴だった。

しかし、ビルの玄関も閉まっていたし、冷房を入れていたので、部屋は密閉に近い状態にある。ここに靴が飛んでくることはありえない。

しかし、Kさんもお客さんも、上から靴が落ちてきた、という印象がぬぐえない、という。


あるときもこんなことがあった。

夜遅くの打ち合わせをするために、スタッフ全員が、二階の会議室に集まっていた。会議中、内線が鳴る音がした。三階から聞こえてくる。

「あれ、誰かいるの？」

「いえ、いないはずです」

「だよな。じゃ、誰が鳴らしてんの？」

「さあ……」

内線は、このビル内にいる誰かが呼び出しをしないと、絶対に鳴ることはない。

「お前、見て来い」

いちばん下っ端の社員が、ひとり三階へ上って行かされた。

するとピタッと呼び出し音が止んだ。

若い社員がすぐに下りてきて、真っ青な顔をしている。

「止みました。誰もいませんでした。中、真っ暗でしたし」

すると、今度は一階の内線が鳴りだした。

「だから、誰が鳴らしてんの？」

一階は、出入りする人の顔を確認するためのビデオカメラが設置してあって、その様子がモニターで見られる。

みんなで確認する。

一階の事務室の机の上の電話が、真っ暗闇の中、赤いランプを走らせ、内線が鳴っていることを知らせている。しばらくして、一階の内線呼び出しも止んだ。

ルルルルルッ。

いきなり、みんながいる部屋の内線電話が鳴りだした。

Kさんが、勇気を出して受話器をとった。

「もしもし」

カチャリと切れた。

それからも、たびたび、ビル内の内線電話が鳴ったらしい。

ある夜中も、内線が鳴った。

居残っている社員たちは、「またか」とうんざりしている。
と、寝不足が続いて、機嫌の悪い女子社員がいた。
受話器を持つと、
「やかましいわ！」
そう怒鳴って切った。
不思議と、それからは鳴らなくなった。

誰と話した？

Kさんの会社では、年に一度、夏になると、全社員で海外旅行に行くことになっている。

その間、一週間ほど完全に留守をする。

ある年のこと。

海外旅行から帰って、翌日から通常営業となった。

すると、あるクライアントのイベント担当の人が朝一番にやって来て、

「あっ、すみません。昨日、頼んでいたもの、取りに来ました」と言う。

「は？　なんのことでしょう」

「だから、昨日頼んでた、イベント用のキャンドルですよ」

「キャンドル？」

「電話で頼んだでしょう。そしたら用意しとくって」

「ちょっと待ってください。昨日ですか？」

「そうです」

「誰か、電話に出ました？」

「出たがな」

「誰でした？」

「誰て、名前は知らんけど、女の人が出て、こういうキャンドル、おたくにありましたよね、と聞いたら、ああそれなら、三階のどこそこにあるので、明日の朝までに用意しておきますって。あるって確かに聞きましたがな」

うち、全員出払って誰もいなかったはずやけどなあ、と受付に出た社員も首をひねりながら、制作スタッフに聞いてみた。

「こうこう、こういうキャンドルって、うちあったかなあ」

「さあ、覚えがないなあ」

「お客さん、どこにあるって言ってました？」と、お客さんに尋ねた。

「確かなあ……」

言われたとおりに、三階の倉庫のある場所を探してみると、確かにあった。

しかし、その電話に出たのは誰だ。

制作の人間でさえわからない保管場所が、なぜわかった？

ちょっとこれは、社内で問題になった。

このビルに入るための鍵を持っているのは、Ｋさんと、制作のチーフ、事務の女の子のみ。

もちろん三人とも旅行に参加していた。また、他人が勝手に鍵を開けてビルに侵入した場合、警備会社に通報が行くことになっていて、その履歴も残る。もちろん、ビデオにも映る。しかし、警備会社に問い合わせても、ビデオを見ても、誰かが入ったという形跡はまったくなかったのだ。

「まぁ、モノはあったんで、持って帰ってもらったけど、あの人、誰と話したんや」

お化け人形

Kさんの会社の三階は倉庫だ。そういえばあそこは気持ち悪い、と制作の人間は言う。

「特に左端の倉庫の奥に、お化け屋敷用の人形があるじゃないですか。その人形と、あの問いあわせしてきたお客さんしゃべったのと違います？」と、チーフが冗談めかして言う。

「おいおい、ヘンなこと言わんといてくれ」

「だってね、社長。深夜、三階に居残って作業するでしょ。すると、倉庫の中から、ぶつぶつと人の声がすることがあるんですよ。きっと、人形ですよ」と言う。

お化け屋敷用の人形は、いつもいろいろあり、会社の倉庫に数十体寝かせてある。落ち武者、お岩さん、生首、ろくろ首のような妖怪から、動く市松人形。ゾンビやドラキュラのように西洋風のモンスターもある。

夏になると、必ずどこかの遊園地から、お化け屋敷の依頼がある。図面を書いて、お化け屋敷を作って、現地にこの人形を運ぶのだ。

人形は、数体ずつ木の箱に入れられ、フタをし、厳重に梱包して運ぶ。

運ぶのは四トントラック。

三人のスタッフが前に乗って現場へ向かう。

と、その道中、こんこんこんこんこん、こんこんこんこんこん、と後ろから音がずっとしている。

荷台を仕切る後窓のガラス部分を、何者かが拳で叩いているような音。走行中、何度か見てみるが、見ると途端に音は止み、異常もない。

しばらくすると、また、こんこんこんこんこん……。

「なにが当たってんのやろ」

途中、休憩をとって、荷台の中に入り、積み荷を見てみるが、原因となるものがない。

また、梱包された箱から、何かが出ているということもない。

そして現場に向かって走りだすと、また……。

どう聞いても、拳で後窓を叩いているとしか思えない。

「お化け、乗せてるしなあ」と考えると、途端に背筋がゾッとするという。

現場に着くと、施工をはじめる。

するとまず、必ず怪我人が出る。それがほぼ全員が、考えられないようなミスで、怪我をするのだ。

当然のことだが、お化け屋敷には、詳細な図面がある。このエリアには、この人形を十体、このエリアは八体、とそれはあらかじめ決まっていて、その分を積んできている。つまり、余分な人形などは運んできていないのだ。

なのに、施工が終わると、なぜか一体、必ず余る。これが毎回のことらしい。仕方がない。その一体を荷台に載せて、会社へ帰る。

こんこんこんこんこん、こんこんこんこんこん。

また、あの音がずっとしている。

これは、お化け人形を載せた時だけに必ず起こる現象なのだそうだ。これがまた、不思議なことに、会社に着いた途端に、音はしなくなるのだ。

社員にSさんという人がいる。彼の右手と左手は、何本かの指がない。

お化け人形をトラックで運ぶ途中、やはり、こんこんこんこん、という音が気になった。ハンドルを持ったまま、いきなり後ろを振り返った。

後窓にズラリとお化け人形の顔が並んでいた。

「わっ！」

ハンドルを切りそこなって、事故を起こし、この時指を撥ね飛ばした。

これはなんとかせんといかん、と社内で問題となった。

「お祓いしましょう」ということになった。

「どこでします？」

「四谷さんやろ」

Ｋさんは東京の新宿区にある四谷の稲荷神社にお詣りして、お札をもらってきた。

それを会社の玄関に貼り付けたら、パタッと、人形に関する奇妙な現象がなくなったという。

SOSの電話

ある夏のこと、Kさんの会社に依頼があった。

和歌山県のS市に大型ショッピングセンターが完成した。そのオープニング・セレモニーに人材を派遣してほしいという。

司会者、芸人、チア・ガール、ブラスバンド、着ぐるみ、チンドン屋など、スタッフを含めると七、八十人の移動になる。バスを借りて、前日に現地に行ってもらった。

Kさんは、部下のBさんが運転する車で、Sさん、Dさんとともに最後に出発した。

現地に着いたのが夜遅かったので、そのままホテルに入り、四人で軽い打ち合わせをした。

「明日は早いし。もう、みんな休んでくれ」

Kさんはそう言って、自分の部屋に戻った。部下のSさんとのツインルーム。

寝ようとしたら、部屋の電話が鳴った。ホテルの内線だ。

Sさんが出た。

「社長、外線で電話が入っているようなので、受けてくれませんかと言ってますけど」

「なんやろ」とKさんが出た。

チア・ガールの女の子たちが入っているH旅館からだ。女の子たちが泣いているようだ。

「どうした？」

「出てるんです」

「なにが？」

「お化け」

「はあ？　こんな時間にしょうもないこと言うな。もう寝なさい」といって電話を切った。それを聞いていたSさんが心配そうに言った。

「社長、あの子たち、こんな時間に冗談でそんなことという子たちじゃないですよ」

「そうかな」

「ちょっと心配になってきました。今から見に行きませんか」

Sさんの言葉を聞いて、Kさんもなんだか心配になってきた。

「けど、今から行って、入れてくれるかな」

田舎の旅館は深夜の〇時を過ぎると、従業員は帰宅し、どこも玄関を閉めてしまって入れないことが多い。

「そんな心配より、女の子たちですよ。明日に備えて大事な子たちなんですから」

Kさんは、Sさんとともにホテルを出た。このとき、ホテルにも言われた。

「今から出てもらっても、もう入れないですよ。玄関は閉めてしまいますし、誰もいなくなりますから」

「いいです。そのときは、向こうに泊めてもらいますから」

ふたりは車に乗り込んで、H旅館へ向かった。

H旅館の玄関は、雨戸が閉まっていた。

いくら雨戸を叩いても、声をあげて呼んでも、誰も出てこない。内側から鍵がかかっている。携帯電話が一般普及していない時代だ。中との連絡が取れない。

仕方がないので、ふたりは車の中で寝た。

朝になって、やっと女の子たちが旅館から出てきた。

Kさんの車を見て、こちらに走ってくる。

「Kさ～ん」

「みんな、どうした？」

見ると、みんな一晩中泣きはらしていたのか、目が赤い。

「何があったんや。俺ら心配して様子を見に来たのに、旅館は誰もおらんし、入られへんし。俺らもまともに寝てないんやから」

「電話で言ったじゃないですか。お化けが出たんです」

こんなことがあったそうだ。


女の子たちは二十人。大広間に入れられて、ちょっと修学旅行の気分だった。

わいわいと騒いでいたが、「明日は大事な仕事やないの。もう休みましょう」と、リーダー格のRさんが寝るように促した。電気を消して、寝床に就いたのが十一時半。

やっと部屋が静まりかえった頃、とんとん、と廊下側の襖を叩く者がいる。

「だれ？」

近くで寝ていたE子さんが、襖を開けた。誰もいない。

「いたずら？」

そう思って、襖を閉めてまた寝ようとしたら、とんとん。

「もう、だれなのよ」

開けると、誰もいない。

廊下には人影もなく、物音ひとつしない。

しばらくして、また、とんとん。今度は出ないでいた。

とんとん、とんとん、誰かが、ずっと叩きつづけている。

みんな起きだして、震えだした。

る。
するど、今度は反対側の窓ガラスを、どんどんどんどん、と複数の手が叩く音がす
その途端、誰かが悲鳴をあげた。連鎖して、泣く子も出てきた。
誰もいない。ただ、薄暗い廊下が広がっているだけ。
Rさんが襖に忍び寄って、さっと開けた。
誰かがそう言った。騒然としだした。
「お化けじゃないの？」

カーテンが閉まっていて、誰が外にいるのかわからない。
しかし、ここは三階だ。
「あの窓の下、見たけど何もないよ」
「キャー！」と、女の子たちはみんな部屋の中心に集まって、肩を寄せ合った。
窓ガラスを叩く音は、だんだん大きくなる。
このときだそうだ。
Rさんが、Kさんのホテルに電話をしたのは。
勇気のある子がいて、カーテンに近づき、サッと開けると、途端に静まりかえる。
外は真っ暗、誰もいない。
しばらくすると、押入れの内側から、誰かが襖を叩いてくる。

さっき、ふとんを出したときには、だれもいなかったはずの押入れ。

「おばあさんが押入れの中に座っていて、内側から襖を叩いている」と、誰かがいった。

Ｋさんのホテルに電話をしても出ない。旅館の人もいない。旅館を出ることもできない。

女の子たちは、ずっと泣きながら、部屋の中で夜を明かしたという。

音は、押入れからも、天井からも聞こえてきて、また、廊下に戻り、それが早朝まで繰り返していたらしい。

夜が白々と明けてから、音はピタリと止んだ。

みんな、ほとんど寝ていないという。


十時、ショッピングセンターのセレモニーがはじまった。

さすがに女の子たちは、笑顔を振りまいて仕事をこなしている。

その女の子たちを見ながら、Ｋさんは地元の担当者に言った。

「なんかねぇ、きのうの晩、こんなことがあったって、うちの子たち、バカなことを言っていましてねえ」と、昨夜の騒ぎのことを話した。

すると担当者は、「あっ、それ、Ｈ旅館でしょ」と言う。

「えっ、知ってるんですか？」

「だって、あの旅館、出るって有名ですから」

昼休みになって、担当者が新聞記事の切り抜きを持ってきた。

H旅館で自殺があったとか、殺人事件があったという何件かの記事だ。いずれもH旅館で起きていることに驚いた。

以後、Kさんは、和歌山県のS市付近で仕事があっても、H旅館だけは使わないようにしているそうだ。

いい匂い

富山県の山奥にスキー場がある。

Tさんは、夏になるとここへやってくる。渓流の支流があって、釣りの穴場があるのだそうだ。

あるお盆に近い日にも、Tさんは仲間たちとやって来た。個々に場所を見つけて陣取った。

Tさんもある岩場を見つけて、釣り糸を垂らした。

空はうっすらと曇って、霧のような小雨が降っていたという。

前方に明かりがさした。

輝くような光の塊がある。

雲の間から、太陽でも射しこんで来たのかと空を見たが、そうでもない。光の塊は、森の中にあって、それがこっちへ移動してくるのだ。

と、その光の方向から、そよ風が来た。

ふわっと、いい匂いが漂ってくる。

花の匂い。ユリ？　クチナシ？

光の中に人影が現われた。白い着物に白い袴の男女の列がある。

怖い、という感覚はなかった。ただただ、見とれた。

そして、それが目の前に来た。

何十人という光の人が、次々と目の前を通って行き、気持ちのいい匂いがあたりに漂う。

どうやら、光の人たちは、山から来て河原に下りて行く。

いちばん後ろの人が通り過ぎると、光はなくなって、それが河を渡りきると、もう列も消えていた。

ただ、いい匂いだけは、しばらく残ったという。

渓流釣り

Cさんには、高知県に従兄弟がいる。

ふたりとも渓流釣りが好きなこともあって、夏になると、一度は四万十川の支流に釣りに出かけるのだという。

夏の終わりごろのことだ。

ある支流の近くまで車で来て、そこから釣り道具を持って、磯辺の野道を一時間ほど歩いた。ここまで来ると、人影もなく、気持ちよく釣りに専念できる。

「よし、このあたりがええやろ」

荷を下ろして、準備にかかった。

と、川の向こうに岩があって、その上に中学生くらいの男の子が座って、こっちを見ている。Tシャツに水泳用のパンツ。釣り人ではない。

釣り人なら、お互いマナーを知っていて、水の中をバシャバシャ歩いたり、石を投げたりはしない。しかし、この男の子はそういうことを知らなさそうだ。

「もうちょっと行こうか」

Cさんは、従兄弟にそう言って、さらに五百メートルほど歩いた。

いい場所を見つけた。

やっと釣りを始められる。

Cさんは毛バリ。浅瀬を移動しながら釣る。

従兄弟はさらに奥へと入って、ルアーフィッシング。深みのある場所に陣取っている。

しばらく釣りを楽しんでいると、背後から人の歩く気配がした。

従兄弟だと思って、

「釣れたん？　休憩？」とそのままの体勢で聞いた。

返事がない。

うん？

振り向いた。すると、さっき岩に座っていた男の子がいた。

「僕、死んでいるんですかね？」と、いきなり妙なことを聞いてきた。

なんやコイツ、変なヤツ。そう思って目を逸らすと、男の子はつかつかと近寄って来た。

「僕が見えますか？」

あかん、無視や無視。そうきめこんで、釣りに集中しようとする。

すると男の子は、真横に来て、

「僕、死んでいるんですかね」とまた聞いてくる。

その途端、異臭が鼻をついた。

子供の頃、石亀を飼っていたが、旅行先から帰ると死んでいた。その時の臭いを思い出す。

男の子は、さらに顔を近づけてきて、

「みんな、僕を無視するんですよ。からかわれているんですかね」

異臭は、この子から来ている。

たまらなくなって、従兄弟を捜した。ずっと向こうに姿があった。

ピーッ、持って来ていた笛を鳴らすと、従兄弟がこちらに気がついて、手を振った。

Cさんは手招きした。

従兄弟は、こちらに向かって歩きだす。

やがて、Cさんの近くまで来ると、「なんだ、この臭い」と、顔をしかめた。

男の子は、いつの間にか姿を消している。

「こっち来るとき、俺の横に誰かおったやろ」

従兄弟にそう聞いた。すると、

「いや、ずっとお前独りやったけど」

「いや、おったやろ、男の子。中学生くらいの」

「お前、なに言ってるの？」

不思議な顔をされた。

「最初、ここに入って来たとき、人がいたから、もうちょっと先行こうかと、俺、言ったんやけど」

「うん？　誰もいなかったけど。にしても、この臭いは？」

従兄弟は、臭いは感じていたが、なにも見ていなかったのだ。

濡れた靴

ある風俗店で働いているという、A子さんから聞いた話。


お客が誰もいない時間に、夕立があった。

土砂降り。

と、自動ドアが開いて、お客が一人、入って来た。

店の中の照明は暗いので、黒服の男、とわかっただけ。

A子さんが指名を受けた。

部屋に行ってみると、靴はあったが、中に誰もいない。

受付のスタッフに「お客さんは？」と聞いた。

「えっ、おらん？」

「中、空っぽなんだけど」

「トイレにでも行ったんかな」

「だったら靴履いて行くでしょ？」

出入口は、一つだけ。なのに結局、お客さんはそのまま姿を消したのだ。
監視カメラで確認してみた。
自動ドアが勝手に開く。しかし、誰も入ってこない。
いや、靴が二つ。まるで歩いているように受付に近づいている。
受付に手だけ映って、お金を払って、中へ靴だけが入って行った。
そして、濡れたローファーだけが残った。
「幽霊が出た！」
店は大騒ぎになったが、店長は、
「お金もらってるから、ええやん」と、何事もなかったかのように言った。

秋

九月五日

Tさんという美容師の男性がいる。

京都の某大学前に美容室を開いた。たちまち大勢の常連客ができた。

その中に、S子さんという女子大生がいた。一回生で、四国出身だという明るい娘だ。

月に一回は店に来てくれて、友人も紹介してくれた。

ある日、S子さんが「最近、私の住んでいるマンションで、怖いことがあるんです」と言ってきた。

彼女はアルバイトの関係で、夜遅くに帰宅するという。

マンションのエントランスに入り、エレベーターのボタンを押す。部屋は五階。エレベーターに乗り込んで上へ上がる。すると、四階を通過するとき、エレベーターの窓から、大きなクマのぬいぐるみを抱えた幼い女の子が立っているのが、毎晩見えるのだという。

「これって、幽霊なんでしょうか？」

「さあ、わかりません」としか、Tさんは言いようがない。

「でも、夜中の一時、二時という時間ですよ」

その女の子はいつも同じ服装で、こちら側を向いているのだが、ややうつむきかげんに立っている。それが怖いのだそうだ。

「S子さん、霊感みたいなの、あるんですか？」

ある日、TさんはS子さんに何気なく聞いてみた。

「そういうのはないんですけど、でも、たった一回だけ、こんなことがありました」

と、こんな話を聞かされた。

S子さんが高校二年の時のこと。当時、テニス部に在籍していて、練習が終わると、帰りはいつも遅い時間となる。それで、同じテニス部にいる近所の幼なじみのY美さんと、暗くなった線路沿いに歩いて帰るのが、日課だったのだ。

その日の夕方も、ふたりでおしゃべりをしながら、線路内を歩いた。周りは家もなく、山と畑があるだけ。ローカル線で、この時間は列車は来ない。だから危険を感じたことはなかった。

と、線路の真ん中に何かが落ちているのを見つけた。

あたりは薄暗いので、それが何なのかは、はっきりわからない。ただ、黒っぽいものだ、ということはわかる。

近づいて行く。

「かばん？」

子供が持つような手提げかばんだった。そして、黒っぽいと見えたのは……血！

血が、赤いかばんにべっとりついている。

「なにこれ、気持ち悪っ」

慌ててかばんから遠ざかろうと身じろいだ。と、目の前の薄闇の中に、幼い女の子がこっちを見てぽつりと立っていた。その唐突な感じが怖かった。

「きゃあ」とふたりは悲鳴をあげて、線路脇に逃げた。そこに、JRのコンテナがいくつか置いてあったので、その裏に身を隠した。

「なに、今の子？」

「あんな子、それまでいなかったよね」

「そう、急に現われたよね」

コンテナとコンテナの間の四、五十センチの間から、さっき女の子のいたあたりを見てみる。

「いる？」

「いない、みたい」

田舎のこと。知らない子というのが、まず珍しい。

ふたりはコンテナの裏側を移動しながら、様子を窺(うかが)った。

「お姉ちゃんも、こっちへ来る？」

背後で、そんな声がした。

振り返ると、真後ろにさっきの女の子が立っていた。そして、血だらけのかばんを、ふたりの目の前に差し出した。同時に女の子の顔が、ざくっと崩れた。

絶叫して、無我夢中で走った。

その、ちょうど一週間後、Y美さんはその女の子を目撃したその場所で、列車と接触して亡くなった。顔がざくっと、割れていた……。そこまで話して、S子さんは「えっ」という顔をした。

「今日、何日ですか？」

「九月五日、ですけど」

するとS子さんは、急にオロオロしだした。

「私、なんでこんな話したんだろ。どうしたらいいんだろ」

そして、泣きだした。

「どうしたの？」

「九月五日は、その妙な女の子を見た日なんです。それから一週間して、そこでY美は死んだんです。だから、今度は私の番なんです」

「なんのことですか?」

「私、あっちへ連れて行かれちゃうんです。そうなんです。私、死ぬんです」

そう言って、S子さんは店を飛び出して行った。

それが彼女を見た、最後だったという。


その一週間後、九月十二日に、S子さんは鉄道事故で亡くなったと聞かされた。

なぜかその日は、四国に帰っていたらしい。

それが、Y美さんが亡くなった場所だったのかどうかは、Tさんにもわからないそうだ。

影

まだ残暑が残る秋口のこと。
アルバイト帰りの大学生のKくんが、家に向かって、住宅街を歩いていた。
行く手には、沈んでいく真っ赤な夕日がある。
ふと、なんだか背後が気になった。
ふっと、振り返る。別になにがあるでもない。
普通に車や人々が行き交う風景。
気を取り直して、また、夕日に向かって歩きだした。
やっぱり、背後が気になる。なんだろう、この違和感は?
また、振り返って見た。
やっぱり、いつもの風景があるだけ。
いや……。
今、夕日を背に浴びて、自分の影が道に落ちている。
その、目の前二メートルほど先に、もう一つの人影が道に落ちている。だが、影の元となる人はいない。
男の影、だけ。
「わっ」と思って、二、三歩後ずさりをした。
すると、影も、二、三歩、Ｋくんに合わせて、こっちへ来た。
怖くなった。
家まで全力疾走した。
家に戻って、廊下の電気を点けた。
ぱっ、と自分の影が廊下に落ちた。
まさか、と見たが、もう一つの影はなかった。

富士の樹海

　Yさんが岡山の大学生だった頃の話だという。

　秋の連休に、サークル仲間と富士山までドライブに行かないか、ということになった。

　最初はただ、気軽に日本一の山を拝みたいというものだったが、「だったら、樹海へ入ってみないか」という話になった。

「樹海かあ、だったら止めとくわ」と辞退する仲間が多かった。

　最終的には、Yさんを含む四人の男ばかりのメンバーで、富士の樹海を探索することになり、一台の車に乗り合わせて出かけたのである。

　現地について、車から荷物を取り出すと、駐車場から徒歩で樹海へと向かう。

　最初は遊歩道を歩く。

「このあたりかな」

　Bくんというメンバーのひとりが、荷物を下ろす。そして二本のロープを遊歩道近くの木立に結びつけた。

「俺、この命綱を腰に巻きつけるから、Yはこのロープから手を離すな。もう一本ロープがあるから、Nが腰に巻きつけて、Gはそのロープを持って、離すんじゃないぞ」という。樹海で迷っても、ロープを辿って行けば、遊歩道までは戻れるというわけである。

「よし、行こう」

遊歩道から一歩離れた。勇気をもって奥へと入る。落ち葉が林床を埋め尽くし、湿気で足を取られそうだ。大地をしっかりと踏みしめる感覚で、一歩一歩慎重に進んだ。その途中に、ある、ある、見たかったものが。それらが地面に散乱している。

パンやお菓子の入っていた袋、食べさしの弁当箱、筆記用具、ライター、文庫本、財布、ノート、手袋、コート、セーター、帽子……。子供の玩具もある。紐、カミソリ、ロープ、空の薬瓶、そして、白骨死体。さらに行くと、ブルーシートで作ったテントがあった。異臭がして、ハエが黒い塊のようになって飛んでいる。見る気もしなくなって、「もう帰ろう」と言いだす者も出てきた。

Bくんが、それらをビデオに収めている。

ふと、何かが動いているのが目に入った。

木の枝に、ポーチのようなものがぶら下がっているが、これが、ゆらゆらと揺れているのだ。

「なんであれ、揺れてんだ？」

皆のそんな声を無視して、ビデオでそれを撮影しながら、Bくんは平然とそのポーチに近づき、手に取った。

「開けてみようか」

「おいおい、止めろよ。いくらなんでもそれは不謹慎だろ」

しかし、Bくんは、片手でビデオを回したまま、もう片方の手でポーチを開けて、中のものを取り出しはじめた。

モノクロ写真が出てきた。にっこりほほ笑んだ老婆が写っている。そして、封書。遺書と書いてある。

「開けて、読んでみようか」

「おい、B。もう止めようぜ。帰るぞ」とGくんが言いだした。

しかしBくんは「じゃあ、撮るだけ」と言って、写真と遺書を林床に置くと、またビデオを構えた。

と、いきなりYさんが摑んでいた、Bくんの腰に巻きつけられているロープに、何か力が加わったような感触が伝わった。その違和感にYさんは思わず手を離した。

うわん、と音が鳴ったかと思うと、Bくんの身体が、一、二メートルほど宙を舞うように飛び上がって、そのまま地面に叩きつけられた。ものすごい何かの力が、ロープを振り上げたのだ。

「うわぁっ」

その様子を見ていた三人は、悲鳴をあげた。

Bくんは、モノも言わず、そのまま腰のあたりに手をやり、うずくまっている。

「大丈夫か？」

「い、息が、できない」

立ち上がりかけたBくんの身体が、また、一、二メートル、飛び上がって、地面に落ちた。

「大丈夫か！」

Bくんの腰に結ばれているロープをナイフで切ると、苦しそうに唸っているBくんを、Yさんがおぶった。

「もう帰ろうぜ」

頼りになるのは、Nくんの腰に結ばれているロープだけ。これを辿って遊歩道へ戻るしかない。しかし、さっきの得体のしれない力は、同じ方向からのびているそのロープの向こうから来たのだ。一体、なにがあの先にいるのだ？

「でも、戻るしかないよな」

地面に落ちているロープの先を見た。と、その先の木の枝にも、さきほどのと同じポーチがぶら下がっていて、また、ゆらゆらと揺れている。

風はない。しかし、揺れは、ゆらあ、ゆらあ、と先ほどより大きくなっていく。

「えっ？」

別の方向を見た。そこにもポーチがぶら下がっていた。

ゆうら、ゆうら、とこちらはもっと、ふり幅が大きい。また、別のところにも揺れるポーチが……。一回転しそうなほど揺れているポーチがある。

気がつけば、揺れるポーチに囲まれていた。

「わあーっ」

みんな一本のロープを辿って、無我夢中で遊歩道へ向かった。

どうやって車のところに戻ったのかの記憶が、Yさんにはないという。

Bくんは腰を強く打っていて、三週間の入院を余儀なくされたそうだ。

リンゴ食うか

Hさんが小学二年の秋のこと。

学校から帰ると、そのまま表に飛び出して、いつものように近所の友達と遊んだ。

遊び場所は、家の前の狭い路地。一本道で突き当たりがTの字となって、道が左右に分かれている。その路地の両側に家が軒を並べて建っているのだ。

どこからともなく、太鼓の音が聞こえて来た。

ドンドンドンドンドン、激しい音だ。

と、妙なものが路地に入って来た。

一見、祇園祭(ぎおんまつり)の山車(だし)のようだが、その山車の上の部分をスパッと切ったような形をしている。

トラックのようでもある。ハンドルがついていて、男が運転している。しかし、タイヤの部分も木製で、金色に塗ってある。これがガタガタと音をたてている。

荷台のようなところに、白塗り顔で、ちょんまげのような頭、浴衣(ゆかた)のような黒い着物を着た男たちが何人も乗っている。そこに備えてある太鼓を、懸命に叩(たた)いている男もいる。

「チンドン屋や、チンドン屋や」

たちまち、路地で遊んでいた子供たちが、その妙な乗り物の周りに集まった。

すると、ひとりの男が、

「リンゴ食うか」

と叫んだ。

「うん、リンゴ欲しい、欲しい」

子供たちは口々にそう言った。

よく見ると、荷台に大量のリンゴが積んであって、男たちはそれを摑むと、力いっぱい投げだした。

「リンゴ食うか、リンゴ食うか」

そう言って、どんどん、路地や家の壁に、リンゴを投げ込む。

パーン、パーンと、リンゴが割れて、リンゴの匂いが立ち込める。

ところが、これが一つとして子供には当たらないのだ。

やがて、ガタガタと音をさせながら、乗り物が突き当たりのTの字の角を曲がると、ピタッと太鼓の音が止んだ。

「わあーっ」と子供たちはその後を追って、Tの字の角を同じように曲がったが、何も見えなかった。

この路地には、Hさんのお母さんが営む美容院がある。

「お母ちゃん、今の見た？」

Hさんが慌てて美容院に駆け込むと、お母さんはお客さんを相手に仕事をしていた。

「なに？」

「太鼓の音してたやろ」

「太鼓？　そんなん聞いてないよ」

お客さんも、首を横に振る。

「じゃ、来て！」

お母さんの手を引っ張って、表に出て、路地を見せた。

「だれ、こんなもったいないことして！」

砕けたリンゴがいっぱい散らかる路地を見て、お母さんはそう口にした。

リンゴの匂いも、路地に漂っていた。

しかし、子供たちは全員見た、あの奇妙な乗り物と男たちを、大人は誰ひとりとして、見ていなかったのである。

妙なマンション

Sさんは新聞の拡張員をしている。エリアは近畿一円。

三人で車に乗り込み、現場に着くと手分けをして各戸を回る。一日百軒は回るのだそうだ。

奈良県のある町へ行ったときのこと。三人とも、まったく契約が取れない日があった。

気がつけば、もう夜の八時。目の前にはマンションが何棟かある。

「ここでダメなら、もう諦めて帰ろう」

そう言って、三人は別々の棟へ入って行った。

Sさんは、目の前のマンションを観察したが、明かりの点いている窓がない。そして、入ってみると、廊下もなんだか薄暗い。

それでも二軒だけ、応対してくれた。

一軒目は、応対に出たのが、どこにでもいそうな、明るく、やや太り気味の奥さん。玄関での交渉がスムーズに進行する。なんだか感触もいい。

「それじゃあ、今ならこの洗剤をおつけしましょう。ええい、こうなったら温泉の優待券も……」

ふと、顔をあげたら、あれっと思った。

今まで、ここの奥さんとふたりでやりとりしていたのに、今、その隣に小学二、三年生くらいの男の子が立っている。

奥さんの背後は、薄暗い電気の点いた廊下があるが、少年がやって来たのなら、気づいたはずだ。それが今、唐突に現われたような印象で、しかも無表情。

と、もうひとり、今、奥さんの真後ろに、ここのご主人だろうか、四十代前半くらいの男が立っている。この男も無表情だ。

今の今、廊下を確認したとき、あんな男、いなかったぞ。

明るく応対している奥さんと、この唐突に現われたふたりの表情のギャップが妙に怖くなって、「あっ、もういいです」と、洗剤もその場に置いたまま、Sさんは玄関から出てしまった。

もう一軒は、七十代のおばあさんが出てきた。

やはり、玄関でやりとりしたが、このときのおばあさんの背後は、廊下に電気も点いておらず真っ暗。玄関にだけ、電気が点いている。

このおばあさんも、明るく、ニコニコと応対してくれた。

「あら、そう。そう。そうなの。いいわね」

何を言っても、そううなずいてくれるが、なんだか背後の闇が気になって仕方がない。

そのうち、おばあさんは新聞を取ってくれる、ということになった。

「じゃ、この契約カードにサインお願いできますか」と契約カードとボールペンを差し出した。

カードに名前を書き込むおばあさんを見ながら、「やれやれ。やっと一軒、契約が取れた」と、力が抜けそうになった。

「ありがとうございます」と、カードを受け取ったとき、ふと、何気なくカードの裏を見た。

ボールペンで「たすけてください」と書いてある。

えっ、とおばあさんを見たが、さっきと同じく、ニコニコしている。その背後の暗闇が、余計に不気味に見えた。

慌ててマンションを出たが、洗剤やサービス券の入った紙袋を忘れてきた。取りに戻る勇気もなく、ただ、秋の夜空の下、部屋の電気がまったく点いていないマンションが、目の前にあるだけだった。

突風

Oさんは中学のとき、サッカー部のキャプテンをしていた。

ある朝、朝食を食べながら、つけっぱなしのテレビを観ていると、ある墓地で、若い女が首吊り自殺をしていた、というローカル・ニュースが流れた。

「あっ、あそこ！」

Oさんは、そのニュース映像を見て、声をあげた。

見覚えのある墓地。そうだ、学校の近くの墓地だ。肝試しで行ったことがある。

「新聞にも載ってるぞ」

父親が、読んでいた新聞をOさんに渡して、トイレに入った。

その新聞には、自殺した女性の顔写真も掲載されていた。


学校へ行くと、あちこちで、首吊りのニュースが話題になっている。

Oさんは、サッカー部のレギュラーメンバーに招集をかけた。

「おい、今晩、このメンバーで、肝試しに行かんか」

「どこで？」

「決まっとる。ニュース見たやろ」

「マジっすか……」

一応は、キャプテンの命令。その場では全員が参加を表明した。

「じゃあ、今晩九時。学校の正面玄関の前に集合。わかったな」

「おう！」

ところが、約束の時間にやって来たのは八人だけ。

「残りのヤツら、意気地なしやな。じゃ、このメンバーで行くか」

各々、懐中電灯を片手に、墓地に向かって歩きだした。墓地は裏山の雑木林の中にある。

すると、向かう方向から、突風がきた。

ビュウと音をたてて、一瞬で過ぎ去ったが、わさわさと周囲の木々の枝がざわめく音が残る。この突風が、道中、何度か来た。そのたびに、木々の枝がざわめくのだが、このとき、遠くから、女の声のようなものが聞こえた気がする。

また、突風がきた。

ふぅうううっ。

確かに……、女の声？

「キャプテン。悪いけど、俺、帰るわ」

「俺も」

四人が脱落した。

「そういや、風が吹く時、女の声が聞こえなかったか？」

「やっぱり聞こえた？」

「せえへん、せえへん。気のせいや」

Oさんは強気の発言をして、残りのメンバーを引っ張って行く。

墓地が見えた。また突風がきた。

ビュウと通り過ぎる。

あぁあああぁあっ。

はっきり女の声が聞こえた。しかも、その突風は、なんだかあの墓地から発生したように思える。

ざわざわざわっと、雑木林が音をたてている。

「あかん、帰るわ」

「俺も。キャプテン、ごめんな」

ふたりが離脱した。残ったのは、Oさんと、後輩のIくん。

「お前は帰らんのか」

「お供します」

「よし、俺らだけで行くぞ」

腹を据えて、墓地の中に踏み入った。しばらくすると、角がある。そこを曲がると、すぐに女が首を吊った木がある。

懐中電灯の明かりだけを頼りに、その角に行き、曲がった。

ぶわぁ、と風がまたきた。

同時に、首を吊った女が目の前にふわっと現われた。

ふたりはそこに、腰を抜かしてへたりこんでしまった。

どうやって、家に帰ったのかは覚えていないという。

「僕、失禁したの、前にも後にも、あの時だけです」とOさんは言った。

寺の坂道

中学校の、二学期の中間テストが近くなったある日のこと。

Hくんは、クラスメイトのMくんの家に、勉強をしに行った。Mくんはクラスでも成績はトップクラス。いろいろ教えてもらえるのだ。

Mくんの家は、山の途中にある大きなお寺だ。

学校が終わって、一旦家に戻り、自転車に乗ると、そのままお寺に向かった。

寺へ行くには、坂道を上らなければならないのだが、二つの坂道があった。なだらかな長い坂と、比較的短い急な坂。行きは、なだらかな坂道を、一気に自転車で上った。

勉強を終えて帰ろうとする頃には、空は黄昏れ、外灯に灯が入っていた。

自転車の鍵を外して、ハンドルを持つと、Mくんのお父さんである和尚さんが出てきた。

「Hくん、勉強おつかれさん。気をつけてお帰りなさいよ」と声をかけてくれた。

「じゃあ、お邪魔しました」

「ああ、それからなＨくん。こっちの急な坂は、下りは危ないから、そっちのなだらかな坂道を行くように。いいね」

そう言われた。

「わかりました。じゃあ、失礼します」

とはいえ、下りは急な坂道をとったほうが、スピードも出るし、第一家まで近道となる。

和尚さんの姿が玄関の中に消えたことを確認すると、自転車にまたがって、急な坂道を下った。

スピードが出る。どんどん出る。

両手でブレーキを操りながら、坂道を、冷たい風を切りながら下りていく。

と、前方に、小学生くらいの女の子が立っているのが見えた。

びくっとした。

薄暗いこんな坂道に、子供がいるということに違和感を覚えたのだ。この道は、あの寺へしか行かない。しかも周りは森で、家も明かりもない。

ともかく、ブレーキを固く握って女の子の前を減速して通り過ぎた。

「乗せて」と、背後から声がした。

急ブレーキをかけて、自転車を止め、後ろを振り向くと、さっきの女の子が小走りにやってきて、「乗せてくれない？　もう歩けないの」という。

「ああ、いいよ。後ろに乗んなよ」

女の子を荷台に乗せて、腰にしっかりつかまるように言って、また、坂道を下りだした。

「ねえ、もっと速く走ってよ」

女の子が背後から言ってくる。

「危ないからダメだ」

そう言って、ブレーキを握るが、減速しない。

「あれ、ブレーキがきかない」

スピードがどんどん出る。

「もっと速く走ってよ。もっと速く。もっと速く」

女の子は楽しそうに、耳元に語りかける。

「ブレーキがきかない。なんでだ？」

ものすごいスピードになった。

「きゃっきゃっきゃっ」と、女の子は喜んでいる。

「あぶない、あぶない！」

このまま下りきると、すぐお寺の山門がある。その山門が見えてきた。

「あっ！」

いつもは開いている山門の扉が、今日に限って閉まっている。

スピードはどんどん増していく。コントロール不能になった。

「もっと速く走ってよ。ねえ、もっと、もっと」

女の子の声ははしゃいでいる。

門が近づく。

衝突する！

ハンドルを思いきり切って、山門の扉に直接ぶつかることは避けたが、そのまま転倒して、自転車もろともスライディングした。

幸い怪我はなかったが、自転車のハンドルはひしゃげていた。

女の子の姿は、忽然と消えていた。

狐狸妖怪はいる？

　Iさんは今、大阪の某寺の立派な僧侶になっている。そのIさんが、佛教大学に通っていた時の話である。

　友人と話をしていて、「この世に、狐狸妖怪てなもん、いてるのかいな」という話になった。

「いる」「いない」

　議論が白熱しているときに、「だって、うち、いるもん」と友人が言った。

「えっ、いるの？」

「うん。見に来る？」

　ふたつ返事で行くことになった。

　その友人もお寺の息子で、京都のかなり大きなお寺が、彼のうちであるという。

　狐狸妖怪、といってもいろいろいる。

「何がいるの？」と聞いても、それは答えてくれない。

　見ればわかる、という。それは、具体的に見ることができるらしい。

ある秋の、土曜日の夜、約束した時間にIさんはそのお寺を訪ねた。

紅葉が真っ赤な時期だった。

友人はもとより、その父、母も歓迎してくれて、夕食をいただき、お風呂にも入れてもらった。

「そろそろ、時間や。来いや」

友人にそう促され、後をついて行った。

長い廊下。

片方は庭に面しているようだが、雨戸がぴたりと閉まっている。もう片方は、障子がずらりと並んでいる。

その一室の障子を、友人はすらりと開けて言った。

「ここに寝たら、出るから」

四畳半ほどの、正方形の小さな部屋。畳敷きで、真ん中にふとんが敷いてあり、寝間着も用意されている。

「ここで、寝るのか」

友人は、こっくりとうなずき、「じゃあな」と、その場を去ろうとする。

「ちょっと待て。お前も一緒に寝てくれるんやないのか？」

「いや、ひとりじゃないと、出ない」と言う。

「それ、怖いやん」

「でも、それを見に来たんやろ」

「そらそやけど」

結局、友人は隣の部屋に寝てくれることになった。

「なんかあったら、助けに来てくれよ」

まだ、時間は九時を過ぎたあたり。

ちょっと寝るのは早いが、狐狸妖怪というのは、こういう時間帯に出るらしい。

寝間着に着かえて、電気を消し、ふとんにもぐった。

とたんに、体が動かなくなった。

(金縛りか？)

目だけが動く。耳鳴りがしてきた。

じーん、という奇妙な音に、自分の心拍音が重なる。

その、耳の奥から、パタパタパタパタ、という小刻みな足音が聞こえてきた。

(何か来る、何か来る！)

その足音が、いきなりリアルな音となって、廊下に来たのだ。それが、ピタリと止んだ。何かが今、障子の外側にいる。

じっとりと脂汗が出てきた。

すらり。

障子が開いた。

そして、何かが、とたり、とたり、と畳を踏みしめながら入って来た。もう、そこにいる。

(怖っ!)

思わず目をつむった。じっと、なにかが自分を見下ろしている、という感覚が走る。

(そっか、目をつむってちゃあかんやん。これを見に来たんやから)

おそるおそる、目を開いた。

確かにいた。

Iさんの顔を、立ったまま覗き込んでいる、子供が。

部屋は暗く、しかし、廊下から漏れる明かりが、子供の背後にあってシルエットとしてそれが見えている。

髪がザンバラの汚い男の子。顔は影でわからない。薄汚れた浴衣に紐の帯。お寺の小坊主という印象ではない。それが、じっと、こっちを見下ろしている。

やがて、しゅっとその顔が視界からなくなったかと思うと、とたり、とたり、とふとんの周りを歩きだした。そしてその速度が、だんだん速くなっていく。

早歩きから、やがて、たったたったたっと、走る速度となる。それが、全力疾走となり、狭い部屋の中を黒い影が、まるで竜巻のようにぐるぐる回るようになった。

Ｉさんは、最初はその現象がたまらなく怖かったが、だんだん意識が、その子にいくようになった。

（おいおい、危ない、危ない。こんな狭い部屋、そんなスピードで走り回るやなんて、危ないいやん）

そう心の中で叫んでいると、ダーン、とおおきな音がした。

男の子が、勢い余って部屋の端の柱に顔をぶつけたのだ。

（ほらな！）

と思った瞬間、Ｉさんの鼻ッ柱に、強烈な痛みが走った。

（いったあ！）

思わず涙が出た。

ぱたん。

子供はそのまま後ろに倒れたが、すぐさまひょっこりと起き上がると、とたり、とたり、と歩み寄り、また、元の位置から、Ｉさんの顔を覗き込んだ。

そして、すうっと、その顔も視界からはずれると、すらり、ぴしゃ。障子が開き、閉まる音がすると、ふっと怪しげな気配はなくなった。

とたんに、体も自由になった。

「出た出た出たあ」

隣の部屋に寝ていた友人を起こした。

「出たやろ。だからおるねん。狐狸妖怪」

「あれが、狐狸妖怪？」

「そやな。座敷童（ざしきわらし）ともいうな」

「俺、あそこで寝るの、怖いねんけど」

「いや、一晩に一回しか出んから、もう安心して寝たらええ」

そうか、と戻りかけると友人が言った。

「そうそう、明日の朝、ちょっとしたことが起こるから」

「ええっ、まだあるの？」

翌朝、顔を洗おうと洗面所の鏡を見た。

おでこから鼻にかけて、柱の跡が赤く残っていた。

お金貸してね

その昔、東京でキャバ嬢をしていたというS子さん。当時、都内のワンルームの寮に住んでいたという。

給料は、二週間毎の金曜日の仕事終わりに、封筒に入った現金で、直接もらっていた。

その頃は、土日に銀行に入金ができなかったので、寮に戻ると、押入れに隠した。使っていないふとんの間に手を突っ込んで、その一番奥に、封筒を隠す。

そんな、ある金曜日の夜のこと。

夢を見た。

寝ていると、カチャと音がして、何者かが部屋に入って来た。

知らない女だ。

マスカラを塗った美人だが、この寒さだというのにノースリーブのミニスカート姿。

彼女は、まるでここが自分の部屋のような所作で、「お金貸してね」と言って、勝手に押入れを開けたのだ。

「ちょっと、なにすんのよ」

S子さんは起き上がって抗議をするが、「へへっ」と女は笑って、ふとんの中に手を突っ込むと、一万円札を一枚とりだし、顔の前に差し出した。

「じゃ、借りるね」

「ちょっと、貸すなんて言うてない」

その女をとめようとするが、慣れた所作で出て行こうとする。

「返してよ！」

廊下に出た女に追いすがる。

すると、女はくるりと振り返って「ウソ、冗談よ」と言って、一万円札を指ではじいた。

札は、部屋まで飛ばされ、ドアが閉まった。

「ああ、よかった」と、その場にへたりこんだ。

というところで、夢から覚めた。

（なんか生々しい夢見たな）と、ふと、部屋を見ると、さっき夢で見た場所に、一万円札が一枚、落ちていた。

十五日に行きます

「こんな都市伝説がありますよね」とFさんは言う。

「ひとりで部屋で勉強をしていると、携帯電話が鳴る。出ると機械的な声で『わたし、メリーさん。今駅にいるよ』。なんだ、と思って切る。するとまたかかってくる。『わたし、メリーさん。今、あなたの家の玄関にいるよ』と言って切れる。また、かかってくる。『わたし、メリーさん。今、あなたの部屋の前にいるよ』と切れる。なんだか怖くなっていると、最後の電話。『わたし、メリーさん。今あなたの真後ろにいるよ……』という話。もちろん、作り話でしょう。でもね、僕、これに似た体験をしたんです」

Fさんは今、奈良で造園業に携わっているが、これは、彼が建築関係の専門学校に通っていた、十二、三年前の話だという。

専門学校は大阪にあった。奈良から通えないこともなかったが、せっかくの機会なので、親に頼んで大阪でひとり暮らしをすることにした。

１ＤＫのマンションだ。

ある夜のこと。部屋で本を読んでいた。すると、

「十五日に行きます」

女の声が聞こえた。はっとして周りを見た。

誰もいない、いや、いるはずがない。

空耳か、とも考えたが、それは耳元でささやかれた感じで、感触が耳に残っている。

だが、一度声が聞こえただけ。その夜は、その後はなにも起きなかった。

ところが次の夜も、

「十五日に行きます」

やはり女の声が、耳元でした。

えっ、と周りを見回す。誰もいない。そんなことが、連夜起こるようになった。

気になることがある。声はだいたい同じ時刻に聞こえるようなのだ。

「十五日に行きます」

ぞわっと来るこの感触。すぐに時計を見た。

ちょうど、九時。

九時になると、その声は必ず聞こえるのだ。ただ、声がするだけで、他になにがあるわけでもない。そのうちＦさんは、気にしなくなった。

外出をしていると、その声は聞こえない。どうやらあの声は、あの部屋にあるものなんだな、と、そんなことは思ったという。

ある日、学校内で、友達と話をしているうちに、怖い話になった。

「そういえば、俺の部屋、変やねん」と、Fさんは友達にうちあけた。

「気のせいかもしれんけど、夜になったら女の声が、必ず一度だけ、聞こえてくるんや」

「それ、幽霊とちがうか？」

たちまち、学校にその噂が広まった。

「幽霊の声、聞いてみたい」ということになって、ある夜、男女六人が、Fさんの部屋を訪れた。とは言っても、本気で信じているわけでもない。お酒を持ち寄っての宴会となった。宴もたけなわ、というところでお酒がなくなった。

「じゃあ俺、買ってくるわ。欲しいもんある？」

Fさんは、友人をひとり連れて、近くのコンビニで買い出しをした。ビールやお酒、おつまみになるもの、夜食用のカップめんなどを見繕って、レジに置いた。この時、気がついた。

「今、ちょうど九時や」

急いで部屋に戻った。五人の友達の様子が、こころなしかおかしい。

「どうした？」

すると、「この部屋、なんかいるぞ」とひとりの友達が言う。

「私もそう思う。耳元で、十五日に行きますって。はっきり聞こえた」

「俺も聞いた。女の声や、なあ」

「俺も聞いた。やっぱり耳元で。ほら、鳥肌たってるやろ。ここ、ヤバイのと違う？」

やっぱり空耳ではなかったのだ。

すると、ひとりが言った。

「十五日に行きますって、いつの十五日や？」

えっ、十五日に行きますって、その日、ほんとに何かが来るの？

途端に、Fさんは怖くなった。一番近い十五日は、明後日だ。

十一月十五日。

同時にFさんは、直感が働いた。

それは、十五日の、夜九時に来る……。

集まっていた友達も、怖がってみんな帰ってしまった。

Fさんはいろいろ考えた。あの声は、この部屋でしか聞こえない。だからその日は、部屋にいなければいい。しかし、十五日に行きます、と言うからには、部屋にいないととんでもないことが起こるかもしれない。胸騒ぎがしてきた。

　翌日、学校で何人かの友達に「明日、一緒に部屋にいてくれないか」と頼んだが、怖がって誰も承知してくれない。ただ、幽霊の噂話だけは、広がっていた。


　Fさんは言う。

「ほんとに人間なんて、自分を守るためなら、平気で他人を売る、ということがあるんだなと、自分で思いました。そんな自分に嫌悪感を持ちましたが、背に腹は代えられない。僕は、あることを実行したんです。それは、高校時代の友人Uを呼び出して、僕の代わりになってもらったんです。もちろん、わけは言わずに」

　Uさんは、大阪の大学に通うために、やはり大阪でひとり住まいをしていると聞いていた。さっそく電話をして「明日、久しぶりに飲まないか？　そやな、俺んち、どお？」と、呼び出した。

　十一月十五日の夕方、何も知らないUさんが来た。

　高校時代と変わらない陽気なテンションのUさんと、お酒を飲み、出前でとったお寿司を食べながら、なつかしい話に花を咲かせた。が、Fさんはずっと時間を気にしていた。

九時まで、あと、十五分。お酒がなくなるタイミングを計り、

「あっ、俺、酒買ってくるわ」と立ちあがった。

「俺も行こうか」というUさんを部屋に残し、Fさんはひとり、部屋を出て、マンションから離れた。マンションの前に駐車場がある。その車の陰に隠れて、自分の住むマンションを見上げた。

部屋は四階。Uさんを残したその部屋の明かりは、煌々（こうこう）と窓から漏れている。

一体、なにが起こるというのだろう。

同時に、Uさんの身を思うと、いたたまれなくなり「U、ごめんな、U、ごめんな」と、心の中で謝罪を繰り返した。

携帯電話で、時間を確認する。九時が迫っている。

もうそろそろ九時、電話が鳴った。Uさんからだ。

「おい、何してんねん。ひとりで退屈や」

「ごめんごめん、今、買い物を済ませて、そっち向かっているから……」

と、その時、ゾクリと全身に悪寒が走った。

ふっと、目の前の道路に、目が行った。

女がいた。

それが、いかにも異様である。髪はボサボサ、ボロボロに破け、ひどく汚れた赤い

ドレス。それが、目の前を歩いている。片足を、ずるっずるっと引きずりながら。

「今から行きます。今から行きます」

そう、つぶやいている。

心臓が止まるかと思うほどの恐怖が、Fさんを襲う。と、同時に、電話の向こうで、Uさんが急にパニクりだしたのだ。

「おい、なんや。今から行きますって、声がした。なんや、この部屋ヘンやぞ、なんかヘンやぞ」

「今から行きます。今から行きます」

女は、なおもそう呟きながら、マンションの入り口のガラス戸をすり抜け、エントランスへと入って行った。

あ、あれはこの世のものではない、そのとき、Fさんは確信した。

「おい、ヘンや、ヘンや。怖い、怖い。はよ戻ってこい！」

電話の向こうで、Uさんがひどく怯えている。

女は、エントランスの奥にある、閉じたエレベーター扉の中へ、すっと姿を消した。

同時に「わあ！」というUさんの悲鳴が聞こえて、電話が切れた。

えっ、と、四階の窓を見る。さっきと変わらず、明かりが煌々と漏れている。

このとき、もう一つ奇妙だったことに気がついた。

今、目の前の道路は車が行き交っている。人通りもある。外灯やお店、家々の明かりもあって、夜といえどもそこそこ明るい。だが、さっき、女がそこを通った時は、ひどく暗かった印象で、車も、人通りも、まったくなかったのである。

Uさんのことが心配になった。

携帯電話を鳴らしてみた。

ツー、ツー、ツー……。通話中？

何度も鳴らしてみた。やはり通話中。

一体、何があの部屋に？　あの女は何者？

マンションの出入り口は、あの正面玄関だけ。つまり、Uさんが出てくるにしても、女が出てくるにしても、必ずあそこに姿を現わすはずだ。しかし、誰も出てこない。

もう一度、電話を鳴らす。通話中。

じっと駐車場の車の陰に身を沈めて、胸騒ぎを抑えようとする。

「どうしよう、どうしよう……」

時間は九時を、十分、十五分、三十分と過ぎていく。そのうち、さっきあったことが、夢か幻のように思えてきた。何もなかったんだ。Uは、ただ、俺が帰るのを待っているだけだ。あんなことが、あるわけがない。明かりの漏れる自分の部屋の窓を見て、そう考えた。

意を決して、部屋に戻った。

誰もいなかった。

Uさんの靴もない。帰った？　そんなはずはない。玄関はあそこだけ。

部屋の様子も妙だ。ふたりでビールや酒を飲み、寿司も食べ、テーブルの上は食べ散らかした状態だった。なのに、その形跡もない。適当に散らかっている、いつもの部屋があるだけだった。

もう一度、Uさんの携帯電話を鳴らしてみた。やはり、出ない。

狐につままれた、そんなような感じだった。


女の声は、その日を境にピタリと聞こえなくなった。だが、一週間がたち、一ヵ月がたっても、Uさんと連絡が取れなかった。彼は、無事なのか？　それとも異界へ連れて行かれたのか？

Uさんの実家に電話をしてみた。

お母さんが出た。

「あっ、Fです。ご無沙汰しております。実はUくんと連絡取りたいんですけど、おられますか？」

すると「ああ、息子は大学辞めて、今、東京で働いているんですよ」と言われた。

ホッとした。無事だったんだ。

「東京ですか。いつ、行かれたんですか？」

「半年前ですけど」

「えっ……。最近、こちらへ帰って来てませんか？」

「いいえ。なにか？」

お母さんに、連絡先を教えてもらったが、それが、つながらない携帯電話の番号。ためしにかけてみたが、やはりつながらない。

それからは、まったくUさんとは、連絡を取っていない。どうしているのかも、まったくわからないという。

紅葉の道

京都市に住むSさん。彼は紅葉が好きで、毎年写真を撮りに行く。

この日も、京都の高雄山の紅葉を撮ろうと、ひとり、バイクを飛ばした。

ところが、観光客が多くて、とてもそんな雰囲気ではない。

北の周山へ行ってみようかな。

また、バイクにまたがると、国道一六二号線を、北へ走った。

途中、Kトンネルを抜ける。すると、ぐんと気温が下がった。トンネルの手前に旧道があるが、いつもはバリケードがあって入れないのに、この日はそれが開いていた。

工事の人でもいるのかなあ。この先で作業でもしてるのかなあ。

そう思ったが、いい機会だ、旧道を走ってみようという気が起こった。

ハンドルを切って、旧道に入った。

紅葉が山の頂上あたりを覆っている。ただ、その道は、アスファルトが崩れていて、バイクで走るとガタガタと揺れる悪路となっている。

お尻を浮かせて、立った状態で進んだ。後ろの荷台では、カメラケースや三脚が揺れて、カチャカチャと音をさせている。

だんだん、アスファルトもなくなって、道一面に枯葉が覆いかぶさるようにいっぱい落ちていて、バイクのタイヤがスリップしだした。

と、道がなくなった。

目の前にたくさんの石が積み重なって、壁を作っている。

その上に、白いTシャツに青の半ズボンの男の子が立っていた。右手には透明のビニール袋。その中にお菓子が入っている。

(この子に道を聞いてみよう)

そう思って、ヘルメットを脱ぐと、もう男の子はいない。

あれ？

なんだか奇妙だと、積み重なっている石の壁に近寄ってみた。

墓石だった。

墓石が縦横びっしり、隙間なく積まれていて、戒名の文字なども読める。ゾッとして後ずさりをして、そのまま元の道へと帰ったのである。

古都の夜

N美さんが、京都の大学に通っていた頃のこと。

秋の学園祭の打ち上げがあった。四条河原町(しじょうかわらまち)の居酒屋で飲んで、二次会、三次会と盛り上がった。

気がつけば、もう帰りの電車もない。

「うち来る?」

友人のY子さんがそう言ってくれた。

「ちょっと歩かんとあかんけど」

「行く行く」

女の子ばかり四人で、Y子さんのマンションへ向かった。

途中、祇園(ぎおん)の路地へ入り、そこからまた裏路地を通る。

路地の両端には、わずかに昔の情緒を伝えるような町家や料亭などが並んでいるが、もう夜中の二時は回った時間。あたりは、しん、と静まりかえり、家々の表戸は閉ざされ、看板の灯も消えている。人通りもほとんどない。その家並みの向こうには、マンションの階段や廊下に灯る明かりがある。

と、ガラガラッと、どこかの引き戸が開く音がした。

見ると、十数メートルほど先の町家の玄関から、人影が出てきて、路地に立った。

N美さんは、それがスーツを着た男だと思ったが、なんだか違和感を感じた。

その人影が、ほんとうに真っ黒なのだ。

外灯の光の加減かな、と思っていると、その影が、こちらへ向かって歩きだした。

真っ黒のままで、それは変化しない。

四人の女子は、路地を塞ぐように横に並んで歩いていたので、みんなはその男に道を譲ろうと、端に寄った。

黒い男は、目の前を通り過ぎた。

あっ、と思った。

この黒は、影ではない。真っ黒に塗りつぶした黒だ。

思わずその男の姿を追おうと目をやると、もう、男の姿がない。

あれ？　いない。

「きゃあああ！」

その瞬間、前にいたH代さんが悲鳴を上げて、その場にうずくまった。

「なに、どうしたの」

Y子さんが声をかけた。

「あっ、みんな、いたのね。いたのね。怖かった、怖かった」

H代さんが泣きながら、U子さんの手を握りしめている。

「なに、なに？　なにかあったの？」

「今の、黒い人、見た？」と、蒼白の顔色でH代さんは聞く。

「うん、見た見た」

「あの家の玄関から出て来たよね」

みんな口々にそう言った。

「さっき、その男の人とすれ違ったけど、もういないって、どういうこと？」

そうN美さんが言うと、H代さんは、「それだけやないの」と奇妙な話をしだしたのだ。

あの玄関から出てきたのは、着物姿の女性だったというのだ。

やはりそれは影のように真っ黒で、ただ丸髷を結っているのがわかる。芸者か、昔の女の人、という感じだった。その女性がこちらへ向かって歩いて来るので、道を譲ろうと端へ寄った。それが真っ黒のままなので、なんだか怖くて顔を伏せた。そして、すれ違った時、あれっと思った。

その女性の手が、視界に入った。それが最初は黒い手袋だと思ったが、和服に黒い手袋がなんだか奇妙に思えて、その手をもう一度見た。

手袋ではない。黒く塗りつぶした手だった。

はっ、として女の後ろ姿を見ようと視線をあげると、もう女の姿はなかった。

いない？　じゃ、今のなに？

怖くなって、みんなに今のことを言おうとして、正面へ向きなおると、さっきの真っ黒い女が目の前に立っていた。

その顔は、やはり真っ黒で、目も鼻も口もない。しかし、中年の女、というのはなぜかわかる。やはり丸髷を結っていて、着物姿であることもわかる。そして、人というより、黒紙を人形に切り取ったようにのっぺりとしていて、立体感がない。

その女と、目が合った。

黒紙のような女に目はないが、合った、という感覚に襲われ、目を逸らすことができなくなり、立ったまま、金縛りの状態に陥った、という。

女から、ギギギッ、という古く錆びた機械がきしむような音がした。

その首が、左へと傾きだした。

ギギギッ、ギギギッ……。

首は、やがて左肩にぴたりと合わさり、そのまま肩の中へ沈んで行く。

首のない黒い女が、目の前にいる。

恐怖のあまり、声も出ない。でも、目はそのまま逸らすことができない。そして、ギギギッ、ギギギッという音はずっと聞こえている。

やがて、右の肩から、日が昇るかのように黒い頭が見えはじめ、やがて、元の位置に収まった。同時に、機械のきしむような音も止んだ。

そして、目も鼻も口もない女が、にやりと笑った。

「きゃあああ！」

そこで悲鳴が口から出て、恐ろしさのあまり、しゃがみこんだ。

すると、心配そうに声をかけてくれる仲間たちがいた、というのだ。

「そんなあ、みんなここにいたよ」

「でも、確かにさっきの黒い人、ヘンだったよ」

「私は、女の人じゃなくって、スーツを着た男の人だと思ってたけど」

四人とも、その先の町家の玄関から、真っ黒い影のような人が出てきたのは、見ていたのだ。ただ、その印象が四人とも違ったというのだ。

もうひとりの友人、U子さんは、出てきたのは真っ黒の中年の着物姿の男で、すれ違った時、やはり違和感を持った。それでその男を目で追うと、いきなり正面に立たれた。

目も鼻も口もない、真っ黒の顔。それが、ぺこりとお辞儀をした、という。

ところがお辞儀をしたまま、男の身体は二つ折りになるかのように沈み込んで、そのままくるりと回転して消えた。

このとき、薄い紙のようなものだったと確信した、という。

Y子さんは、N美さんが見たのと同様、スーツ姿の男性のようだったといい、ただそれは、すれ違う前にはいなくなって、あれっ、どこに行った？　と思っている時に、H代さんの悲鳴を聞いたのだという。

その悲鳴を聞いてか、何軒かの町家の明かりが点いて、玄関から人も出てきた。

「なんや、なんかあったんか」

「何時やと思うとるんや」

そう言われて、「すみません、なんでもないんです」と四人は逃げるように、その路地から離れた。

暴れ人魂

Nさんというおばあさんがいる。

彼女は今、三重県に住んでいるが、もともとは東北の出身だという。

これはNさんの、子供の頃の話だというから、七十年ほど前の話となる。

Nさんが暮らしていたのは、秋田県の農村で、周りに家もないので、夜になると明かりもなかったそうだ。

ある秋の夜、Nさんは寝ていて、尿意を覚えた。

我慢して寝ようとするが、もう我慢できない。

起きだすと、どてらを羽織り、台所のある土間へと行って、懐中電灯を片手に持ち、下駄をひっかけた。そして裏の木戸を開け、裏庭に出た。

当時、トイレは外にあったのだ。

歩きながら、ふと、空に目が行った。澄み渡った夜空に、秋月がある。ところが、裏山の頂上に、もう一つの明かりがあった。

なんだか青白い。

(なに、あの明かり?)

あんなところに、家もないし道もない。あんな明かりははじめて見る。

それが、なんだかチカチカと揺らめいている。するとその明かりが、ゆらゆらと移動しだして、だんだん大きくなっていく。

(こっちへ来る!)

なんだか怖くなった。

青白い明かりは、まるで意識があるかのように猛スピードで山を下りてくると、もうNさんの家の裏庭に到達して、トイレの横に浮かんでいる。

(人魂だ!)

そう、息を呑んだ瞬間、また青白い人魂は、すうっと動くと、尾のようなものを引いて、母屋に向かっていく。それが、雨戸を抜けて、母屋の中に消えた。

「きゃあー!」

思わず叫びながら、元来た裏木戸へと駆け戻る。家の中で、大変なことが起こると幼心に思ったのだ。

「お父ちゃん、お母ちゃん、大変じゃ」

大声を出しながら台所の土間に入ると、正面が廊下。手前に両親が寝ている部屋がある。その部屋の障子に、あの青白い人魂の明かりがさしている。

同時にどおん、ばあん、と大きな音がする。

「わあ、何じゃ！」

「人魂！」

という両親の声が中から聞こえ、家の中が途端に騒々しくなった。

すると、閉じたままの障子から、さっと人魂が廊下に飛び出してきた。それが、勢い余って障子の反対側の閉じた雨戸に、どん、と当たって、火花を散らす。

そのまま人魂は、廊下を右に左にと、障子や壁、雨戸に交互に当たりながら、奥へと向かって飛んでいく。そのたびに、どぉん、ばぁんと音がして、当たった場所にやはり、火花を散らした。

障子が開いて、両親が出てきて、その人魂を唖然（あぜん）と見ている。

人魂は、そのまま廊下をジグザグに音をたてながら飛んで行き、その先で左へと曲がって見えなくなった。

その先は、祖父が寝ている部屋だ。

「あっ、おじいちゃん！」

Nさんも、両親も、思わず祖父の部屋へと、廊下を駆けだした。

行くと、電気が消えているはずの祖父の部屋の障子の中に、青白い明かりがある。

「おじいちゃん！」

その部屋に駆け寄り、障子を開けた。

さっきこの部屋に入り込んだ人魂が、ばぁん、ばぁんと天井近くを暴れるように飛んでいる。

祖父はと見ると、寝ている祖父のふとん越しに、青白い光が燃えていた。

まるでそれは、ちょろちょろと燃える、ガスコンロの火のようだったとNさんは言う。

それが、祖父の頭、顔、胸、腹、腕、足から出ていて、火の先端がお腹のあたりに集まり始めた。みるみるうちに、その集まった青白い火が、一本の火の柱のようになって、天井に向かって登りはじめ、塊を作りはじめた。そして、部屋のあちこちにぶつかりながら飛んでいる人魂と、全く同じ色形の人魂を形成した。

祖父の身体から出た青白い火が、全部その新しい人魂に吸い寄せられた。

と、シャーン！　と大きな音がした。

その二つの人魂が、激しくぶつかったのだ。

すると、人魂はなくなり、部屋が真っ暗になった。

「おじいちゃーん！」

電気を点けて、祖父を揺り起こした。

「あーあ、なんじゃいな」

祖父が起きて、そう言った。祖父に異常はなかった。

「よかったあ」と、一同、胸をなでおろしたのである。

不思議なことに人魂は、雨戸や障子をすり抜けていったのだが、そこには穴も空いていなければ、焦げ跡もなかった。しかし、廊下の壁や柱には、当たった部分に、焦げ跡を残していた。

ちょうどその一週間後、祖父は急に亡くなった。

あの、人魂と関係しているのかどうかは不明だというが、Nさんはこう言った。

「私は、人の身体から魂が抜かれるところを見た」と。

無人駅

金沢市のレンタル会社に勤めているSさんの話である。

福井県のある施設から、注文が入った。

足場を組むための資材やプレハブのテント、パイプ椅子や折りたたみ机などをトラックに積み込み、金沢の会社を夜中の十一時に出発した。明朝九時の納品である。

まずは福井県の敦賀（つるが）に向かう。

夜中の三時、敦賀の民宿の前で、営業のHさん、Kさんのふたりと合流した。

ちょっと休憩となった。

「この近くに、S駅っていう、無人駅があるんだけど、行く?」と、Hさんが言ってきた。

「なにがあるんですか?」

「いいから。とにかく行ってみよう」と言う。

こんな時間に、なんだ?

そう思いながらも、夜の山道を行くふたりの営業さんについて行った。晩秋の寒く暗い道を延々歩く。すると、鉄道の無人駅の駅舎が見えてきた。

周囲には家はあるが、電気が点いている家はない。駅舎も真っ暗で、そのまま改札を抜けられた。ホームへ出る。

「ここ、鉄道マニアの人気スポットなんだよ」とHさんは言う。

そう言われても、Sさんはあまり興味がない。

「へえ、そうなんですか」と、ふたりはベンチに座って鉄道マニアの話を聞いていた。

すると、鉄道の遥か向こうから何かが音もなく近づいてくるのがわかった。

列車だった。

ところが、闇の中を来るその列車には、明かりというものがない。それが、ホームへ滑り込んできて、ピタリと三人の前に停車したのだ。

「えっ、電車が来た？」

三人とも、顔を見合わせた。夜中の三時半に近い時間。列車も、無人駅に停まるような編成とは思えない。十両以上の長いもので、後ろはホームからはみ出ている。

ドアが、一斉に開いた。

三人の目の前のドアも開いている。中はやはり真っ暗。

窓からも一切の明かりは見えず、真っ黒い板か何かがそこに張りつけてある、と思うくらい、中は漆黒なのである。

「おお、寝台特急じゃん」

Hさんは、持っていたスマホで、その列車を撮りはじめた。Sさんも、このことをとりたてて不思議なこととも思わず、ただ、真夜中の無人駅に停まる寝台特急という物珍しさは感じたので、同じくスマホで列車を何枚か撮り「S駅なう」とツイッターで送信した。

そしてまた、しばらく営業のふたりとベンチに座ってしゃべった。

気がつくと、列車は消えていた。

三人とも、列車の出るところは見ていないし、音もしなかった。

「なんか、奇妙なもの、見たな」

もう出発する時間も近づいていたので、三人は首をひねりながらも山を下りて、トラックに乗り込んだ。そして無事に納品した。


何日か後、友人と話していて「ところでこの前、お前、妙な写真アップしたよな」と言われた。「なに?」

「数日前のツイッター。真夜中にS駅なう、とコメントしてたやつだよ」

「ああ。あれな、夜中の無人駅に、寝台特急が来て停まったんで、珍しいなと思って写真撮ってツイートしたんだけど」

「寝台特急？　列車の写真を撮ったのか？」

友人に、あの時のツイッター画像を見せられた。

暗い闇やレールばかり写っている。列車が写った写真など一枚もない。

「あれ、おかしいな。俺、列車を撮ったんだけど……あれ？」

友人が言う。

「どこの何線だ？」

Sさんが答えると、友人は、スマホで特急列車の画像を検索し、「この中に、その列車あるか？」と聞いた。

「あっ、これだ」

寝台特急ブルートレイン。

「あー、なるほど。お前、見ちゃいかんもん、見ちゃったのかも」

そこからは、何も言ってくれなかった。

気になって、家に帰るとネットで調べてみた。

S駅　ブルートレイン　幽霊列車
すぐに出てきた。

四十年ほど前にS駅近くのトンネルで、火災事故があり、乗客乗員に多数の死傷者が出たことと、それが、寝台特急ブルートレインであったこと。

そして、Sさんが見たのと同様の列車が、同じ駅で多く目撃されていたこと。

なによりSさんが怖かったのは、その日が、火災事故があった日と、一致していたことだったという。

皆殺しの家

私の教え子で、Sくんというライターをやっている男がいる。

彼が専門学生だった、十二、三年ほど前のこと。

私の影響を受けてか、Sくんたちも夜通しの百物語をやってみたくなったらしい。

百の怪異を一晩で語ると、怪に遭遇する、というのは本当のことなのか、という好奇心もあったという。

仲間を募ると、四人の男女が「やってみたい」と集まった。Sくんを含めて五人、ということは、ひとり二十話を語ることになる。期限を決めて、各々怪談蒐集をした。

百物語が実行されたのは秋も終わり、十一月の末になってからのことだった。

場所は決めていた。

ある山の中の、雑木林に囲まれた大きな屋敷跡。以前からずっと気になっていた場所で、百物語を夜通しするのにふさわしい場所だ。

「やるんやったら、ここしかない」とSくんは四人に進言した。

「まじ？」と、他のメンバーの顔色が変わった。

地元の若者の間では、《皆殺しの家》と呼ばれていた、当時は関西方面で、ちょっと知られていた廃屋。なぜ、皆殺し、なのかは定かではない。

一家全員が首吊り自殺をしたから、という話もあれば、焼身自殺だよ、という話もある。気がふれたお婆さんが、一家を惨殺したとか、いやそれは、ここに侵入しようとした強盗がやったんだ、という人もいる。本当に一家が死んだり殺されたりするような事件があったのかどうかさえ、実はわからなかった。ただ、肝試しで屋敷に入り込んだ人たちが、あの不気味さは尋常ではないと言って、噂だけは広がっていたのである。

その日、Sくんが運転する車で、五人が皆殺しの家へ向かった。

大きな河原沿いに走って、そこから細い山道に入る。しばらく走ると見えてきた。塀に囲まれた古い洋館。黄昏時という時間帯が、その様相をより不気味にしているようだ。

中に入ってみると、車を降りて近づいてみると、あちこちに焼け焦げた跡もある。

「焼身自殺？」

「いや、火事や」

壁や天井が、やっぱり黒く焦げている。

そんなイメージが、五人に伝わったという。

屋敷の中を探索しているうちに、二階に大きな居間を見つけた。

「ここでやろうぜ」

持ってきた蠟燭百本を、部屋のあちこちに配置し、準備にかかる。そして、夜八時から、百物語をはじめたのである。

最初のうちは、みな怪談好きだけあって、話が次々と出て、語るのも聞くのも、怖くて楽しい。百物語の達成は案外簡単にクリアできるかも、と楽観視した。

ところが、夜中の一時も過ぎたあたりから、ひどく寒くなってきたのと、空腹も重なって、正直飽きてきた。「もう話す怪談ないわ」という人も現われた。

今の時点で、七十数話。

「もうええやん。帰ろうや」と友人のMくんが言いだした。

「けど、百物語をするということで集まったんやぞ。あと三十話足らずや、やろうや」

Sくんはそう促すが、Yさんという女性がしきりに「私もう帰りたい。もう帰りたい」と言いだして、しまいには泣きだした。

「わかった。じゃあ、キリのいいところで八十話。そこまで語って帰ろう」

八十話まで語って、帰りの支度をした。蠟燭を全部消して、懐中電灯の明かりを頼りに屋敷を出る。ところが、蠟燭を全部消した途端、点けていた懐中電灯の明かりも消えて、一瞬、あたりが真っ暗になった。そのとき同時に、

ミシッ。

家鳴りがした。同時に「わあっ」と、みんなが声をあげた。

すぐに懐中電灯の明かりは復活したが、ミシッ、ギシッ、という音があちこちから聞こえ、ギィィィ、バン、ギィィィ、バン、とどこかの扉が開いては閉まるという音もする。

ミシシシシッ、と、家が大きくきしむ音がして、天井の上を誰かが走る音もした。

「誰か、おる！」

みんな、後片づけもそこそこに、屋敷を飛び出し、皆殺しの家から逃げ出した。

帰りの車の中で、みんなパニックになった。

「あれはなに？　なんの音？」

「足音、聞こえたよな。走ってたよな。誰かいたよな」

山道を下るが、周りは何もない暗闇。ヘッドライトの光だけが存在する世界。とてつもなく怖い。

「きっと、百物語を途中で止めたからや。原因はそれや」と言いだす友人が出てきた。

「このままじゃ怖いし、百物語続けようよ」とA子さんも言う。

「えっ、戻るの？」

「それはない。Sくんのうちでやろうよ」

　Sくんの家は、確かに田んぼの真ん中にあって、夜中に騒いでも近所迷惑にはならない。それに、メンバーの中で、家がいちばんここから近い。

「けど、親寝てるし」

「声、ひそめてやるから。それしかないやん」

　仕方がない。百物語の言いだしっぺもSくんだ。四人を自分の家へ迎え入れ、寝静まっている両親の部屋の脇を通って、二階のSくんの部屋へと上がった。

　Yさんは、さっきから真っ青な顔をして、うつむいたまま一言もしゃべらない。

　彼女はもともと怖がりの性分だったので、あの音がひどいショックをもたらしたことは容易に想像できる。

「Yちゃん、そこで寝てたらええから」

　Yさんをベッドに寝かせ、電気を消すと、残りのメンバーで百物語を続けた。そして百話目を語り終えたのである。

　電気を点けようとした、その瞬間、「たすけて」という声がした。

「えっ！」

　電気を点けた。Yさんがいない。

「さっき、ベッドに寝かせたよな」

「てか、たすけてって言ったの、Yちゃんの声やん」

でもいない。ベッドも人が寝ていた、という雰囲気でもない。

「トイレにでも行った？」

「まさか。わかるやろ」

みんなで捜した。どこにもいない。玄関には、Yさんのクツがない。

「帰った？」

「どうやって。歩いて帰れる距離でもないし、あんなに怖がってた子が、こんな暗闇の中を出て行ったりするか？」

Sくんは、悪い予感がした。

「ちょっと、皆殺しの家に戻ろう」

「なんで？」

「そこにYちゃん、いるような気がする」

「はあ？」

みんな車に乗り込んで、再び、皆殺しの家に行った。もう、空は白んでいる。

屋敷に入って、二階へと上った。いた。

居間の前の廊下に仰向（あおむ）けに倒れていた。Yさんを担いで車に乗せた。

「Yちゃん、Yちゃん」

頰を叩くと、気がついた。その途端、彼女は眼を大きく見開いて絶叫した。

「大丈夫や。オレらや。Yちゃん！」

はっとした表情を見せて、Yさんは泣きだした。

見た、という。

焼けただれたふたりの子供と、その親。みんなと逃げるとき、足を摑まれ、囲まれた……。それ以上のことは話してくれなかった。その後、Yさんは、精神科に通うことになった。

しかしSくんは言う。

「でもね、四人ともYちゃんが車に乗り込んで、一緒に僕の家まで来ていたこと、ベッドに寝かせたとこも、見ているんです。たすけてという声もみんな聞いています。Yちゃんの声でした。でも、Yちゃんは、皆殺しの家にいた。なにが起こっていたのか、さっぱりわかりません」

皆殺しの家は、あれから何度か行ってみたが、さっぱり見つからず、河原沿いから入る細い道さえなくなっているという。そしてなぜか、皆殺しの家に関するネットの情報や噂さえも途絶えたそうだ。

気になるあの子

Ｉさんが新聞少年だった頃の話。

朝刊を配ると昼間に寝て、夕方になると定時制高校に通っていた。

そんな、ある寒い早朝のこと。

新聞の束をバイクの荷台に載せて、いつものようにＭ団地の前を通った。

ふと、気になって、ある団地の五階の階段の踊り場を見た。いた！

Ｉさんと同じ年齢くらいの女の子。これがなかなか可愛いのだ。

十日ほど前からか、その踊り場からこちらに顔を覗(のぞ)かせ、どこか遠くを見ているその女の子に気づき、気になっていた。

時間は朝の五時。あたりは人通りもなく静かだ。その下の道をＩさんは毎朝バイクで通るわけだから、あの子は気づいているはずだ。

つまり、ナンパができるのではないかと、下心が芽生えたわけである。

ただし、毎朝いるわけではない。いたり、いなかったり。

この数日間は、女の子は姿を見せなかった。そんなときは、無性に会いたくなる。

ところがこの日はいた。

決心した。

Ｉさんは、バイクを停めると、その女の子に向かって声をかけてみた。

「ねえねえ、彼女。いつもそこで、なにしてんの？」

すると、遠くを見ていたその女の子が「えっ」という表情になって、Ｉさんへと視線を落とした。

途端に、その女の子の口がぱかっと開いたかと思うと、そのあごがぐんぐん下に伸びて、同時にその顔だけが、Ｉさんめがけて一直線に飛んできた。

あっという間に、その女の子の顔が、Ｉさんの目の前に現われた。

あごのない顔。その目が、ギロリとＩさんをにらんだ。

「わあああ！」

Ｉさんはそのままバイクごと倒れ、悲鳴をあげた。

もう、女の子の姿はなかった。

その日以来、その女の子を見かけることはなくなったという。

今あった話

十年ほど前のことである。

私がクリエーター養成塾を開講するにあたっての、印刷物をデザイナーのKさんに依頼した。

十二月のある夜の九時頃、そのKさんから電話があった。

「印刷物の見本が出来ました。明日の夜あたり、持って行きますが、お時間大丈夫ですか」という内容。ところが、電波の状態が悪い。

ザッザッザッザッザッという周期的な雑音、いきなりザーッと会話を遮るようなノイズ。

私は、何度も「えっ、なに?」と聞きなおしたくらいである。Kさんのほうも、それを認識していて「聞こえますか?　もしもし?」としきりに訊ねてくる。

「今、どこにいるの?」

「会社です」

Kさんの会社は新大阪。私の書斎は大阪の船場。

なにかが原因で電波障害を起こしているのだろう。

た。


ともかく、翌日の夜にKさんが、印刷物のサンプルを持ってくる、という約束をした。

ところが、十分もたたないうちに、またKさんから電話があった。

「あっ、何度もすみません、Kです」

それだけの言葉の間に、もうノイズが入って聞き取りにくい。

「今から行っていいですか？」という声が聞こえた。

「えっ、今から？　急やね。まあええけど」

「タクシーで行きます。あっ！」

電話がそこで切れた。

新大阪から船場まで、タクシーではせいぜい三十分もあれば来られる。

ところが、一時間、二時間たってもKさんは来ない。

二時間も、十分か十五分を過ぎたあたり、ようやくKさんが私の書斎に姿を現わした。

寒さのせいか、顔は蒼白、唇ががたがたと震えている。

「これ、ご注文のサンプルです」と、バッグの中から印刷物を取り出す手も、小刻みに震えている。

なんかあったな、と思った。すると、Kさんのほうから、

「ところで、今あった話なんですが、聞いていただけますか」と言う。

Kさんは、私からの依頼を、会社に通さず自分が直接受けていたらしい。

会社の消灯は八時。節電のためなので、残業、居残りも禁止。Kさんは、あの手この手を使って、会社の人たちが全員帰った後、ひとり居残って、会社のパソコンを使って作業をしていたそうだ。

当然、明かりはない。

ただ、その階の全フロアがオフィスなので、エレベーターがオフィスに直結していて、そのエレベーターの扉の上にある照明だけが、唯一の明かりとしてKさんの背後にあった。

Kさんはパソコンのモニターの明かりだけを頼りに作業をしていたのである。

作業中、なんだか人の気配がする。

えっ、と周りを見回すが、暗いオフィスに人影はない。いや、人がいるはずがない。気を取り直して作業をするが、やっぱり人の気配がする。そして、なんだか体がぞくぞくする。

「寒っ。コーヒーでも入れよ」

エレベーターの横が給湯室。持参した懐中電灯をバッグから出して、給湯室へ行き、ポットでお湯を沸かした。

そこから、懐中電灯でオフィスを照らし、見回すが、やはり人などいない。

沸かしたお湯でインスタント・コーヒーを作ると、カップを持って、席に戻った。

もう作業はおおかた終わっている。あとは、プリントアウトするだけ。

プリンターに接続し、できあがったデザインをプリントアウトしだした。

やはり背後が気になった。衣擦(きぬず)れのような音が、確かにしている。

ふっ、と振り返った。

エレベーターの扉の上にある明かりに照らされて、女がいた。

エレベーターの前に立つ、全身真っ白の女。

長い白髪、真っ白い顔に不自然に黒い目。白いドレス。それが、なんだかだらしなく、だら～んと立っていたのだ。白髪だが、若い女という印象がある。

Kさんは、はっと目を逸(そ)らして、パソコンと向き合って考える。

(なにあれ、人間か？　人間やないな。そしたらなに？)

おそるおそる、振り返って見る。もう、女の姿はない。

「怖っ、もう帰ろう」

そのときに、私に電話をしたというのだ。このとき、電波障害が起こった。

帰り支度をしながら、プリントアウトが終わるのを待った。

また、背後に人の気配があった。

はっと、見た。

先ほどと同じ、エレベーターの前に、全身真っ白の女が立っている。それが、そのままの体勢で、すぅーっと、こちらに近づきだした。前にあるオフィスのデスクをすり抜けながら。

「うわー」

Kさんは、女に背を向けると、携帯電話のリダイアルボタンを押した。

一瞬のうちに考えたという。

このまま帰っても独り暮らし。このままでは恐ろしくて帰れない。いや、あの女に呪い殺されたらどうしよう。誰かにメッセージを残そう……。

リダイアルに登録されていた番号が、私の書斎の番号だった。私がそれを取って、「今から行っていいですか？」というKさんの声を聞いたというわけである。

女が、その間、どんどん近づいてくるのがわかったという。衣擦れの音がもう、そこに来ているのだ。

「タクシーで行きます」と言った瞬間、今まで背後から漏れていたエレベーターの扉の上にある照明が、ふっと何かに遮られた。

振り返った。

目の前に白いカーテンがあった。

(なんだコレ！)

そのまま、視線をカーテンに沿ってあげていくと、

「あっ！」

そのカーテンは、女の着衣で、天井高くに女の顔があった。その真っ白い顔の目は、ボコッと黒い穴が空いているだけだった。

驚いて、携帯電話を切ってしまった。

その瞬間、女はパッと消えた。

エレベーターの上の照明の光が、また照らされた。

同時に、プリントアウトも完了した。

「あかん！」

Kさんは、その印刷物をバッグに入れると、非常階段で一階へと下りて、ビルを出ようとした。すると、エントランスのロックがかからない。オフィスに人がいる、という表示になる。

このままでは帰れない。すると警備会社から電話があった。

それで警備会社の人といろいろやりとりがあって、ロックも解除されず、やっとこの時間になって解放されたのだという。

Kさんは言う。

「あの奇妙な女は、突然目の前で消えたんです。でもね、その瞬間、あの女がエレベーターの上の照明を遮っていたことがわかった。つまりあれは、物体として存在していたんですよ」

三段壁

だいぶ昔の話である。

Mさんが試験勉強をしていた。

ちょっと勉強に疲れて、気分転換に、友達と電話で話していると、「ちょっとリフレッシュするために、三段壁(さんだんべき)まで、バイクを飛ばさないか」ということになった。

「いいねえ」

男ばかり四人。冬の夜の国道を、三段壁に向かってバイクを走らせた。

三段壁とは、和歌山県の白浜(しらはま)にある、高さ五、六十メートル、長さ二キロという、切り立った大岩壁で自殺の名所。そして、霊スポットとしても知られている。

到着し、崖上(がけうえ)の細い遊歩道を歩く。その先は、真っ暗な海。

懐中電灯が、「柵(さく)を越えないでください」という立て看板を照らす。

と、先客がいた。岩場に立つ、白いワンピースで黒髪の長い女。

びくっとして幽霊？　と一瞬思った。

この時期にワンピースというのもそうだが、この時間にひとり、というのもいかにも怪しい。

「幽霊なんていないって」と友人のひとりが言う。「きっとどこかに彼氏でもいるんだって」

「そうかなあ……」

女をしり目に、Mさんたちはへりまで行って、真っ暗な海を覗き込んだり、口紅の碑を探したりした。

心中した男女が、大きな岩の斜面に口紅で遺書を書いた。これを遺族がそのまま刻み込み、その句が今も残っている、という。

「もう帰ろう」

寒い上に、なんだか怖くなって、駐車場へ戻ることにした。帰りの道に、あの女の姿はなかった。ずっと気にはなっていた。

家へ帰ると、Mさんはそのまま、机に向かって試験勉強を再開し、三時間ほどして、床に就いた。お気に入りの曲を録音したテープを、コンポで聞きながら、うとうとする。

ところが、曲が、だんだん遅い回転のテープのような音になり、やがて、何を歌っているのかわからなくなり、ノイズも入りだした。

(なんだ、これ?)

コンポの様子を見ようとすると、体が動かない。

(えっ、これが金縛り?)

体は仰向(あおむ)けのまま。視界いっぱいに天井が見える。

天井から、さっきの黒髪の女が、ずぶっと出てきた。

そのまま、落ちてくる!

「わあああっ」

叫ぶ間もなく、女はMさんの体の中へ、フッと入ってそのまま消えた。

同時に、ガボガボッと、口に水が入り込んだような感覚がきた。

息ができない。続いて、溺(おぼ)れたような苦しさに襲われ、そのまま気を失った。

気がつけば、朝だった。

(あれは、夢やない)

あまりのことに、両親にそのことを話したが、「悪い夢でも見たんや」と、一笑にふされた。

「そうかなあ、やっぱり夢やったんかなあ」

ふと、さっきまで父が読んでいた新聞が目に入った。なんだか気になり、手に取って広げて見た。

「あっ、この女！」

小さい記事が、すぐに目に飛び込んできた。

〝三段壁の海上で死体発見。白いワンピースの女性。身元不明〟

サンタさん？

Sさんという男性は、クリスマスになると思いだす話があるという。

彼がまだ、小学校に上がる前のクリスマス・イヴのこと。家族みんなで、家で食事をした。

するとお母さんが、

「そろそろ二階に、サンタさん、来てるかもしれんよ。見に行ってみ」と言う。

「わあ、サンタさん！」

そう言って、二歳年上のお兄さんと手をつないで、階段を上ろうとした。

階段の電気を点けて、ふと、上を見ると、暗い二階の廊下に誰かがいた。

背を向けて、しゃがんでいる。

「サンタさん？」

お兄さんが、そう声をかけた。

しかし、その誰かは返事もせず、また、ぴくりとも動かない。

緑色の、背中の真ん中に渦が描いてあるような、羽織を着ている。いま思うと、あれは、狂言師が舞台で着る、肩衣（かたぎぬ）のようなものだったと、Sさんは言う。

怖いが、二階にサンタさんがいる。

ぎゅっとお互い手を握りあって、一歩、階段に足を乗せた。

すると、その誰かが、ぬっと立ち上がると、こっちを向いた。

般若（はんにゃ）の顔だった。

「サンタさん？」

もう一度、お兄さんが声をかけると、すぅとそれは、廊下の奥へと消えた。

兄弟ふたり、手を取り合ったまま、階段を上りきると、二階の廊下の電気を点けた。

誰もいない、しんとした廊下。

そのまま、ふたりが共有している子供部屋のドアを開けて、部屋の電気を点けた。

いた。

部屋の隅に、さっきと同じ、緑色に渦巻の模様の肩衣を着た男。こちらに背を向け、やはりしゃがんでいる。それが、明かりに照らされ、はっきりと見えている。

「サンタさん？」

また、お兄さんが聞いた。

すると、男は立ち上がると、そのまま壁の中に消えた。

「わあーっ」

さすがに怖くなって、兄弟ふたり、腰が抜けたような状態で、階段をころがるように下りると、お母さんが「どおしたん?」と出てきた。

「お母ちゃん、鬼がおった」

「ええ? なに言うてるの」

「ほんまや、鬼がおった」

Sさんも、そう言った。

「そんなんおるわけないやん」

そうお母さんは言って、一緒に二階へ上り、子供部屋に入った。

さっき、男がしゃがんでいたところに、クリスマス・プレゼントが置いてあった。

茶髪の人形

Mさんという女性が幼少のころ、クリスマス・プレゼントにRちゃん人形を母からもらった。女の子なら誰でも欲しがる市販の着せ替え人形だ。

「わあ!」

嬉しくて、無我夢中で包装紙を剝がし、箱を開けた。

「あっ……」

欲しかったものと違う。

Rちゃん人形には違いないが、欲しかった金髪ではなく、これは茶色の髪の毛。

仕方なく、その人形で遊んだ。

しかし、遊ぶたびに「私が欲しかったのは、あなたと違うのよ」と、ブツブツその人形に向かって独り言を言った。その遊び方も、髪を切ったり、顔に落書きをしたり、腕をねじったりと、随分乱暴なものだった。

「ママ、私の欲しかったのはあれじゃないよ。金髪のを買って!」と、母にもことあるごとに、おねだりをした。

とうとう母も根負けして、次の年のクリスマスに金髪のRちゃん人形をプレゼントしてくれた。そうなると、茶髪のRちゃん人形とは遊ばなくなった。

「こんなのいらない」

箱の中に入れて、押入れにしまいこんだ。

ある日、押入れをごそごそしていると、思い出した。

（茶髪のRちゃん人形を入れた箱、ここにあったはずよね。ない。ない。えっ、なんで？　ママがどこかへやったのかな……）

小学校一年の冬のこと。夢を見た。

あの茶髪のRちゃん人形がいる。買ってもらったばかりの新品で、赤いドレスに赤い靴。

そして、背を向けて駆けだした。

周囲は漆黒で、何もない。

Mさんは、その後ろ姿を追いかけるように、走っている。人形はたまに、こちらを振りむいては、「うふふっ、あははっ」と笑う。

場面が変わった。

ベランダ。我が家のベランダで、その物干しざおに、Rちゃん人形はぶらりと、ひっかかっている。やはり、赤いドレスに赤い靴。
（そういえば、このベランダで、茶髪のRちゃん人形と遊んだっけ。燃やしたことも
あったね）
夢の中で、そう思っている自分がいる。
場面がまた変わった。
いきなり、Rちゃん人形のアップになった。
その顔が目の前にある。と、バリバリバリッと何かが裂ける音がした。
人形の顔に変化が起こった。あごの部分が裂け、鎖骨のあたりまでヒビが入って、
パカッと割れた。
「わっ」と飛び起きた。
夢か……。
見ると、もう朝。とはいえ、起きるには少し早い。
さっきの夢がなんだか怖く、ひとりで寝るのは無理、パパとママのいる寝室へ行こ
うと部屋を出た。すると、廊下に茶髪のRちゃん人形がうつ伏せの状態で落ちていた。
「あっ、人形見つかった」
何気なく拾い上げて、その顔を見て悲鳴をあげた。
口から鎖骨までが割れている。

怖くなって、また押入れの中に隠し、そのことは誰にも言わなかった。

その数日後、病気になって入院した。

喉の病気。即手術ということになった。

ちょうどあごから鎖骨に沿って真一文字に切る手術だった。

これが七歳の冬のこと。

十年後、十七歳になった冬、また同じ病気をした。

このときもほぼ同じところを切る手術をしたが、院内感染症にかかって、もう少しで命を落とすところだった。

（これ、なんかある）

そう思って、知り合いの紹介で霊媒師に会い相談した。すると、「その人形がよくない。供養しなさい」と言われた。

実は、Mさんもその人形に原因があるのではと思い、袋に入れて、おばあちゃんの家に持って行って預かってもらっていたのだ。

霊媒師の言うとおりにしようと、おばあちゃんの家に人形を返してもらいに行った。

すると、おばあちゃんは、「あれはもうない」と言う。

「ないって、どういうこと？」

「この前、台風があっただろ。あのとき、家が浸水しかけたので、その水の中に捨てた」という。それ以外は何も言ってくれなかった。

なにが、おばあちゃんにあったのかはわからない。

Mさんは言う。

「実は私、もうすぐ二十七歳の冬を迎えるんです。その冬が怖いんです」

年末の巡回

ある年の十二月三十日のこと。

郵便局員のKさんは、地元の消防団に入っていた。

毎年この時期になると、消防車より一回り小さいポンプ車に乗って、各地域を巡回することになっている。

団員のほとんどは、おじさんばかり。集まれば飲める、ということで、昼間から酔っぱらっている人もいる。

Kさんたち若い衆は、消防団の法被を着こんで、本部を出て行く。ポンプ車の運転は若い衆が担当する。だからKさんたちは飲めないのだ。

やがて、日が暮れだすと、おじさんたちも重い腰を上げる。

Kさんも一緒に出ようとすると、

「ああ、Kくん。ごめんやけど。ちょっとIマンションの前の公園で、待っとってくれへんかな。わしら、くるっと回れるとこ、回ってくるから」と言われた。

「わかりました」

Kさんは言われたまま、指定された公園に入った。

北風が吹きこむ。

「寒っ」

ガタガタと震えながら、ふっと公園の一角に目が留まった。

青いビニールシートが、壁のように掛かっている。

(あれを風よけにして、タバコでも吸おう)

そう思って、ビニールシートに近づき、風よけにすると、ちょうど子供が座る遊具があったので、そこに腰かけてタバコに火を点けた。

ふうーっと、煙を吹かすと、ギィーコ、ギィーコとブランコを漕ぐ音が聞こえてきた。

うん?

あたりを見回すが、ブランコなど、この公園にはない。

ギィコ、ギッコ。

漕ぐ速度が速くなった。

(あっ、この中だ)

目の前にある、ビニールシートをまくってみた。

ブランコが揺れていた。陰になってよく見えないが、誰かが乗っている。

（なんやこれ。ビニールシートで、ブランコを隠してるのか？）

よく見ると、ブランコの四方を囲むようにシートがかかっている。その中のブランコに、人が乗っている。

（なんか、気持ち悪っ）

中を覗くのをやめて、また遊具に座ると、タバコを吹かした。と、ブランコを漕ぐ音がピタリと止み、同時に、総毛立つような悪寒が、背中を走った。

「なに？」

真横に女が立っていた。

見上げると、髪の長い二十代後半と思しき女がいて、Kさんを横目でじっと睨んでいる。

消防団の法被を着ている者が、公園でタバコを吸っている。これを咎めているんだと思った。そりぁ、怒られるわな。

「すみません」と、Kさんは言って、タバコの火を地面で消した。

ふっと女のほうを見ると、もういない。

「あれれ？」

誰もいない公園。すると、公園の入り口から「おーい、おーい」と手招きしている消防団のおじさんがいた。

「Kくん、Kくん。はよはよ。はよこっちおいで」

「はい」

やっと来たか、とKさんは立ち上がって歩きだした。

「Kくん、なにしてるねん。走って走って。はよはよ」と、おじさんはしきりに手招きをする。

「遅いですよ。こんな寒いとこ。それに変な女おるし」

「あたりまえやがな。あんな気持ち悪いとこ、ようひとりでおったな」

「はあ？」

「知らんのかいな。Kくんがおったとこ、ビニールシートがあるやろがな。あそこ、首吊り自殺があったとこやがな」

「ええっ、ほんまですか！」

「キミ、新聞読んでないんかいな。ほんの二、三日前やがな。あそこにブランコがあってな。その鎖で首吊りよったんやがな」

「それ、男ですか、女ですか」

「若い女や」

ゾゾッとした。

「じゃ、なんでこんな場所に、僕ひとり、待たせたんですか」

「そんなこと誰が言うたんや。キミがおらんかったらポンプ車、誰が運転するのや。ずっと捜してたんや。はよ行こ」

そう言われると、Iマンションの前の公園で、待っとってくれへんかな、と言った人物が誰か思い出せない。

その後、寒空の下、我が町内をポンプ車で巡回した。

これは後で知った話だ。

女の死体を下ろすとき、ブランコの鎖がからみついたので、鎖ごとはずしたらしい。だから、ビニールシートに隠されたものは、支柱だけで、ブランコはない状態だったという。

年末のアルバイト

Mさんが学生の頃、年末の一日限りのアルバイトを紹介してもらったときのこと。

この仕事は、一般の告知は一切していないが、あるところが大勢の人手を欲しがっている、という。一晩で五万円もらえるらしい。

「犯罪に手を貸す、とか言うんじゃないだろな」と聞くと、「それはない。ただ、五万円もらえるには、それ相応、ヤバいことだけどな」と言う。

十二月三十日の夜九時に、K神社の社務所前に集まるようにと言われた。

当日のその時間に、K神社に行ってみると、五十人ほどの男女が集まっていた。

Mさんも、その中に入って、様子を窺った。どうやらほとんどの人たちは、紹介を受けている人たちで、仕事の内容は知らないようだ。

やがて、宮司さんが、禰宜さんたちを引き連れて姿を現わし、仕事の内容を説明しだした。

「みなさん。お集まりいただき、ありがとうございます。みなさんは、ある人たちの紹介で来られた方々ばかりだと思いますが、これには理由があります。また、今夜一晩働いていただくと、五万円をお支払いいたします。この金額にも理由がございます」

ざわついていた境内が、しーんと水を打ったように静かになった。

「これからその内容を説明いたしますが、説明を聞かれた後で、無理だと思ったら、そのままお帰りいただいてもよろしいです。ただ、他言していただくと困りますので、口止め料といえば変ですが、一万円をお支払いいたします」

なんだか、ヤバいという意味がわかった思いがする。

「ご存じの方もおられるかもしれません。うちはそういうことは謳ってはおりませんが、うちの神社は、もともと山神を御祀りしておりまして、山一帯が神域になってございます。ところが、この山で、丑の刻参りをされる方が昔から多くて、釘で打ちつけられた藁人形などが山にいっぱいぶらさがっています。それを、新年を迎えるにあたって、一つ一つ抜いて、取り除いてほしいのです」

また境内がざわついた。

「ですから、この時点で無理だ、という方は、一万円を受け取って帰ってくださってもよいのです」

「そういう藁人形とかを触ったり、勝手に抜いたりして、何も起こらないんですか？」という質問が飛んだ。

「なんとも申し上げられません。しかし、作業が終わりましたら、ちゃんと祈禱をして、お浄めもいたします」

半数が、一万円を受け取って帰った。

残ったのは、二十二、三人。女性も三人ほど残っていた。

Mさんは、話を聞いて躊躇はしたが、五万円はなんとしてでも欲しかった。

いろいろ説明を受けた。山登り用の靴に履き替えさせられ、法被を私服の上から着るよう指示された。そして、宮司、禰宜さんたちに伴われて、裏山に登った。

手に手に懐中電灯、そのほかに釘抜きのハンマー、バール、脚立や、なぜか長梯子も持たされた。そして延々と闇の山道を行く。数日前に降った雪が残り、足元もぬかるんでいる。独特の空気が流れてくる。

しばらくすると、あった。

大きな杉の木の幹に、五寸釘で打ちつけてある藁人形が一体。その向こうの幹にも、怪しげなものが見える。

「では、ここからは、見つけたら抜いてください」

宮司の声で、みんなふたり、ないし三人一組となって、森の中へ散って行った。

これが不思議なのだ。

高さ十メートルほどのところの木の幹に、藁人形が打ちつけてある。長梯子を持ってきた意味がわかった。さっそく、梯子をかけて人形の釘を抜くが、けっこう奥まで打ちつけてある。

どうやって、こんなところに釘を打ったのだろう。

打ちつけてあるのは、藁人形とは限らなかった。呪うべき男の写真、男が身に着けていたと思われる帽子や靴、和紙に包まれた髪の毛、釘に打ちつけられた携帯電話というのもあった。

釘を抜くと、う〜っと、奇妙な声を発する藁人形があった。

ゾゾッと総毛立った。

他のグループの人たちは、抜くと、血のようなものがポタポタと落ちた藁人形があったという。

切り立った崖に打ちつけられた藁人形もあった。手が届かず、随分と苦労して抜いたが、これこそどうやって打ちつけたのだろう。十メートル下は川なのだ。

「聞くところによれば、白装束に白鉢巻き。五徳を頭に鉢巻きで立てて、三本の蠟燭。足元は高下駄。どうやっても、あんなとこに釘は打てん、というか、そんな恰好で森の暗闇の中を、歩けるわけがない」と、チームを組んだ三十代の男は言う。

「女の執念、というやつやろか」

誰かがそう言った。

ぞわっとした木があった。

何十体と藁人形が打ちつけられた一本の木。

一体、一体、抜いていくが、そのたびに、う～、ふぅ～、と声がする。

遠くのほうで、悲鳴が聞こえた。男の声だったので、おそらくアルバイトの人。

「救急車、救急車」といって、慌てて走って行った禰宜がいた。

しばらくして、心配そうな男たちに見守られて、なにがあったのか、ひとりのぐったりとした男が仲間の男に負ぶさって、山を下りて行く、ということがあった。この人は救急車で運ばれたが、後に聞くところによると、胃袋の中から錆びた釘が三本、摘出されたらしい。

早朝まで作業は続き、太陽が昇るまでに、何百という呪いの対象物を取り除いた。

こんなに、呪詛が行われているということ自体に、Mさんは恐怖を覚えた。

祈禱をしてもらい、浄めの塩ももらい、五万円を受け取ったが、もう、いくらもらおうとも、二度とあんな仕事はやらない、と、Mさんは言った。

ママの自転車

「僕は、母親に早く死なれましてね。これはその母にまつわる話なんですよ」

小学校の二年のとき、母を脳溢血で亡くした。

葬式が終わって、火葬場に行ったときのことは鮮明に覚えている。

兄弟は、三つ上の兄、三つ下の妹。三人でお母さんのために、千羽鶴を折って、それを棺桶に入れた。

山の中の火葬場で、子供心に、人が焼けるのって時間がかかるんだなあ、と、そんなことを思った記憶があるという。

やがて、焼き終わった、というので、家族、親せき立ち会いで、トレイを引っ張り出すと、「おおっ」という声が、一斉に上がった。

綺麗に焼き上がった遺骨の上に、一つの千羽鶴が、まったく焼けずに残っていたのである。

それは、妹が折ったものだった。

妹は、病気がちだったので、母はしきりに心配していた。

「ママは、この子のこと、心配してるんだな」

みんながそう言った。

「そんなエピソードのある母なんですが、話はここからなんです」とUさんは続けた。

母が亡くなって、二、三年後のこと。

当時、Uさん一家は山形県に住んでいた。

父が、近くにある自衛隊の駐屯所をあてこんで、炉辺焼き（ろばた）の店を持っていた。

もともとは、母と一緒にやっていたが、母が亡くなってからはアルバイトをひとり雇って、店を続けていたのである。

大晦日（おおみそか）の夜。

アルバイトはお正月休みをとっていて、不在だった。

兄弟たちは「パパ、手伝うよ」と言い、店に連れて行ってもらった。

ほんとうに役立ったのかどうかはわからない。妹もほとんど寝ていた。

店のテレビが映しだしていた『紅白歌合戦』も終わり、除夜の鐘も鳴りだした頃、お客もぞろぞろ帰って行った。

一時も少し過ぎた時間。父は、寝ている妹を抱きかかえると、車に乗せた。兄弟ふたりで店の後片づけをして、電気を消し、同じ車に乗り込んだ。

雪の積もる国道を走る。

国道といっても、道幅は狭い。また山形の田舎のこと、家はまばらで電気の点いている家などほとんどない。ただ、道の端に外灯が、ぽつり、ぽつりとあるだけ。あたりは真っ暗だが、初日の出は、白銀の世界を照らすだろう。

父が車を道路の端に寄せると、そのまま停めた。

「ちょっと、一軒だけ、挨拶するところがあるから、お前たち、ちょっとここで待っとけ。すぐ戻るから」と言って、ひとり闇の中に消えて行った。

妹はすやすやと寝ている。

中学生の兄は、車から降りると、しんしんと降る雪の中で、深呼吸をしている。

Uさんは、助手席に乗ったままで、ただ、落ちてくる雪を見ていた。

その間、車も人も、まったく通らなかった。

キーコ、キーコ、キーコ。

静寂だった闇のどこかから、妙な音が聞こえてきた。

「ん？」

すると、その音が近づいてくる。外をきょろきょろ見て、その音の原因を見つけようとした。

キーコ、キーコ、キーコ。

自転車を漕ぐ音だ。そう思った瞬間、後方の闇の中から、自転車に乗った人が出てきた。

その人を見て、ギクッとした。

「ママだ！」

その恰好は、母が生前よくしていたもの。頭にスカーフ、サングラス、真冬だというのに、まるで夏のような軽装。しかし、あたりは闇。なのに、まるでその自転車にスポットライトが当たっているかのように、しっかり見えるのだ。

キーコ、キーコ、キーコ。

だんだんこっちへ来る。

「あっ、ママだ。ママがいる」

いつの間に起きたのか、妹が窓の外を指さして、興奮している。

兄はと見ると、突っ立ったまま、ただ、母の姿を茫然と目で追っている。

母の自転車以外は、何も通らない。何もいない。

そのまま母は、車に乗っている我が子たちを見ることもなく、そのまま車の横を通り過ぎた。

すれ違うとき、窓ガラスを開けて母親に少しでも近づこうとしたが、まったく無視された。

キーコ、キーコ、キーコ。

そのまま十メートルほど、真っ直ぐに前を走って、ふっと闇の中に消えた。その瞬間、音もしなくなった。

道は直線。左右は雪が降り積もった田んぼ。あのまま直進したのなら、その先にある外灯の下を通るはずだが、母の自転車は、二度と現われなかった。

父が帰って来た。

「パパ。今、ママがそこ、通ったよ」

「えっ、ママが？」

「自転車で、すぐそこを、通って行ったよ。僕、はっきり見たよ」と、兄も言う。

「自転車？　どこ」

見ると、自転車のタイヤの跡は残っていた。だがそれは、姿を現わしたあたりから始まり、消えたあたりで途切れていた。

不思議なことに、自転車は見覚えのないもので、母の乗っていたものではなかった。

Uさんは言う。

「あれは、幽霊とか、そんなんじゃない。確かに母が、そこにいたんです」

本書は二〇一五年十二月に小社から刊行されました。
「赤ん坊」「濡れた靴」は書き下ろしです。

怪談狩り　四季異聞録

中山市朗

角川ホラー文庫　20707

平成29年12月25日　初版発行
令和6年11月25日　10版発行

発行者――山下直久
発　行――株式会社KADOKAWA
〒102-8177　東京都千代田区富士見2-13-3
電話 0570-002-301（ナビダイヤル）
印刷所――株式会社KADOKAWA
製本所――株式会社KADOKAWA
装幀者――田島照久

ISBN978-4-04-106260-9　C0193